Eine Romanze versetzt die englische Gesellschaft 1846 in Aufruhr: »Haben Sie gehört, daß Miss Barrett praktisch vom Totenbett aufgesprungen und mit Mr. Browning nach Italien geflohen ist?« fragte eine Londoner Tratschtante ihre Freundin. Die Romanze der beiden Dichter Elizabeth Barrett und Robert Browning und ihre heimliche Hochzeit führten zum Eklat in England. Barrett war vierzig, eine vielgelesene Autorin, immer kränklich, die als die geheimnisvolle »Einsiedlerin aus der Wimpole Street Nr. 50« ihr Zimmer kaum verließ und unter der Fuchtel eines tyrannischen Vaters stand. Browning war nicht nur sechs Jahre jünger, sondern auch mittellos und dem lesenden Publikum noch weitgehend unbekannt. Zwanzig Monate hatte er sie mit Briefen und Besuchen umworben, ehe sie Mut faßte, mit ihm zu fliehen. Elsemarie Maletzke erzählt die Geschichte dieser großen Liebe und des ungeheuren Skandals, den diese entfachte.

Elsemarie Maletzke wurde 1947 in Oberhessen geboren und wuchs in Bad Kreuznach auf. 1968 begann sie in der Redaktion der Satire-Zeitschrift »Pardon« zu arbeiten. 1974 ging sie als Deutschlehrerin nach Irland. Zurück in Deutschland, arbeitete sie zunächst als Redakteurin bei der »Titanic« und später beim »Pflasterstrand«. Anfang der 80er Jahre erschienen die ersten Reiseführer über Irland und Dublin, später ihre großen Biographien. Elsemarie Maletzke lebt und arbeitet als Reisejournalistin und Autorin in Frankfurt am Main.

insel taschenbuch 3660

Elsemarie Maletzke

Eine Liebe in Florenz

Elsemarie Maletzke
Eine Liebe in Florenz

Elizabeth Barrett und Robert Browning

Insel Verlag

Umschlagabbildung: Lord Frederic Leighton
Painter's Honeymoon, ca. 1864, Ölgemälde, 83,8 × 76,8 cm
Museum of Fine Arts, Boston. Charles H. Bayley Picture
and Painting Fund, 1981.258 © 2010 Museum of Fine Arts, Boston
bridgemanart.com · Seite 8: Privatsammlung / Ken Welsh /
The Bridgeman Art Library · Seite 10: Hulton Archive / Getty Images

Originalausgabe
insel taschenbuch 3660
Erste Auflage 2011

Vertrieb durch den Suhrkamp Taschenbuch Verlag
Umschlag: Michael Hagemann
Satz: Hümmer GmbH, Waldbüttelbrunn
Druck: Druckhaus Nomos, Sinzheim
Printed in Germany
ISBN 978-3-458-35360-7

1 2 3 4 5 6 – 16 15 14 13 12 11

Eine Liebe in Florenz

Elizabeth Barrett Browning

I

Am Morgen ihres Hochzeitstags geht Elizabeth Barrett am Arm ihrer Zofe aus dem Haus, angeblich, um einen alten Freund zu besuchen. Sie trägt ein Straßenkleid, denn ihr Vater darf nicht wissen, wohin sie strebt: von der Wimpole Street Nr. 50 im Nordwesten von London zum Droschkenstand in der Marylebone Street und von dort zur Kirche am Regent's Park, wo Robert Browning sie erwartet. Es sind nur ein paar hundert Schritte, aber ein großer Anlauf für den Sprung über den Abgrund, der sich hinter ihr auftun würde. Unterwegs läßt sie an einer Apotheke halten, um eine Portion Riechsalz zu kaufen, denn Miss Barrett, die in der Nacht zuvor kein Auge zugetan hat und alles in allem nicht sehr robust ist, weiß nicht, ob die Füße sie bis an ihr Ziel tragen würden.

Es ist der 12. September 1846, ein Samstag, und als die kleine Gesellschaft nach der Zeremonie um Viertel nach elf aus der Kirche tritt: das Brautpaar mit den Zeugen – ein Vetter von Mr. Browning und Miss Barretts Zofe Lily Wilson –, meint der Kirchendiener zum Dank für ein ordentliches Trinkgeld ihnen ein paar weise Worte über den heiligen Ernst der Ehe mit auf den Weg geben zu müssen – nur um in ersterbender Rede das Paar in zwei Kutschen steigen und in verschiedene Richtungen davonrattern zu sehen.

Elizabeth Barrett Browning fährt zu Mr. Boyd, dem blinden Freund, der als Vorwand für ihr Fernbleiben von zu Hause gedient hat. Mit keinem Wort verrät sie, daß sie soeben geheiratet hat, aber sie nimmt gern ein Glas Zypernwein. Robert Browning kehrt ins Haus seiner Eltern nach New Cross zurück, damals ein Londoner Vorort in Surrey.

Robert Browning

Während seine Frau ihren Ehering vom Finger dreht und in die Tasche steckt, schreibt er ihr den 280. Brief in den zwanzig Monaten ihrer Bekanntschaft. Er hat genau mitgezählt. Die Hochzeit ist ihre 91. Begegnung; sie hat dreißig Minuten gedauert. »Ich blicke zurück, und in jedem Punkt, jedem Wort und jeder Geste, jedem Brief und jedem *Schweigen* bist Du mir einfach vollkommen gewesen. Ich wollte kein Wort und keinen Blick zurücknehmen. [...] Ich bin sehr stolz, daß mein Leben so von Dir gekrönt ward.«

Sie antwortet ihm: »Liebster, in der Aufregung und Verwirrung von gestern morgen war doch noch Raum für einen Gedanken, der keine Empfindung war – denn ich dachte daran, daß keine von den vielen, vielen Frauen, die aus dem gleichen Anlaß an der gleichen Stelle gestanden hatten, wo ich jetzt stand, daß wohl nicht eine von ihnen so viel Grund gehabt haben konnte, dem Mann, den sie heiratete, zu vertrauen und sich ihm völlig hinzugeben wie ich – nicht eine. Und dann dachte und fühlte ich zugleich, daß es nur gerecht sei, daß jene anderen Frauen die liebevolle Zuneigung und Unterstützung ihrer Eltern oder Geschwister genossen, die mir fehlte, denn ich hatte sie weniger nötig, weil ich glücklicher war.«

Nach den gesellschaftlichen Regeln ihrer Zeit ist sie eine Mesalliance eingegangen. Sie hat einen Mann geheiratet, der jünger und ärmer ist als sie. Aber daran verschwendet sie keinen Gedanken. Sie würde alle Brücken hinter sich abbrechen. »Du hast mich aufgehoben und ins Leben, ins Sonnenlicht getragen ... Was Du errettet und wiedererweckt hast, gehört Dir allein.«

Eine Woche später packt Elizabeth Barrett Browning das Nötigste und reist mit Robert Browning über Paris nach Italien. Das Paar hatte befürchtet, irgendein »Penny-pro-

Zeile-Nachrichtenkrämer« – Vorläufer des modernen Leser-Reporters – könne im Kirchenregister blättern und die Zeitungen könnten Wind davon bekommen: Miss Elizabeth Barrett (40), die geheimnisvolle Einsiedlerin aus der Wimpole Street, eine unserer bedeutendsten Poetinnen, die seit Jahren nicht mehr in Gesellschaft gesehen wurde, und der mit einem Achtungserfolg (*Paracelsus*) hervorgetretene und mit seinem Folgewerk (*Sordello*) im Ansehen wieder gesunkene Nachwuchsdichter Robert Browning (34) haben sich unbemerkt von der Öffentlichkeit das Ja-Wort gegeben ...

Aber kein Gesäusel rührt sich in diesen stillen Septembertagen. Nur Elizabeths Schwester Arabel, die ihr Geheimnis ahnt, wartet vergeblich auf ein Wort der Erklärung. Doch Elizabeth schweigt so gut sie kann, weil sie die Jüngere nicht als Mitwisserin dem Zorn ihres Vaters Edward Moulton Barrett, des »Donnergottes«, ausliefern will. »Er wird mich umbringen«, schreibt sie. Und doch ist es »entsetzlich ... entsetzlich, einem Menschen aus freien Stükken Schmerz zuzufügen ... das erste Mal in meinem Leben«.[1]

Das Abfahrtsdatum wird dreimal festgelegt und dreimal verworfen, und der reiseerprobte Browning, der von seinem Vater hundert Pfund geliehen hat, droht beim Buchen der Fahrkarten und Schiffspassagen kurzfristig außer Fühlung mit seinem praktischen Verstand zu geraten. Die Zofe Wilson packt Bücher, Kleider und Briefe zusammen und schickt die Kisten mit der Droschke in der Nacht vor der Abreise zur Vauxhall Station. »Ich hielt sie für verzagt und ängstlich«, schreibt Elizabeth, »und sorgte mich wegen ihrer Zaghaftigkeit. Aber allmählich komme ich dahinter, daß keiner so kühn ist wie die Zaghaften, wenn sie erst einmal richtig aufgebracht sind.« Wilson und Flush, der Hund, begleiten Elizabeth Barrett Browning, als sie am 19. September gegen halb vier die Tür der Wimpole Street Nr. 50 endgültig hinter sich schließt, um Robert Browning in Hodgsons Buchladen in der Great Marylebone Street (heute New Cavendish Street) zu treffen. »Nun werde ich nur noch Dich haben, mich zu lieben – mein Geliebter! Nur Dich! Als sagte einer nur Gott.« Ihren Vater sollte sie nie wiedersehen.

Wie erwartet, erhebt sich ein Sturm hinter den beiden. Nicht, daß die Londoner literarische Szene entrüstet wäre. Keine Ächtung straft das Paar wie dreißig Jahre zuvor Percy Shelley und Mary Godwin oder acht Jahre nach ihnen Miss Evans alias George Eliot und George Henry Lewes, als sie zusammen Richtung Kontinent verschwinden. Keiner – außer Barrett Père – weigert sich später, das Paar zum Tee zu bitten, seine Briefe zu empfangen oder seine Bücher zu kaufen. Nur der alte Wordsworth brummt: »Na, hoffentlich verstehen sich wenigstens die beiden, da sie sonst niemand versteht.«

Die bessere Gesellschaft ist entbrannt von diesem romantischen Streich. »Haben Sie gehört, daß Miss Barrett, die angeblich im Sterben lag, aus dem Bett gesprungen und mit Robert Browning durchgebrannt ist?« fragt eine himmlisch aufgeregte Dame ihre Freundin. Diese hat es natürlich vernommen. Und ein Freund Brownings schreibt an einen anderen: »Miss Barrett ist, wie Sie wissen, unsere größte, zeitgenössische, englische Poetin. Jahrelang leidend, lebte sie abgeschieden zu Hause im Krankenzimmer zusammen mit einem dieser selbstsüchtigen, tyrannischen, puritanischen Halunken, wie sie geschmeidig durch die Welt laufen, dort den Calvinismus predigen und daheim den Despoten spielen. Unter der Knute dieses Mannes [...] hat sie ihren Geist zu höchster Blüte kultiviert. Sie hat Sprachen gelernt, sie liest griechisch und hat die bisher beste metrische Übersetzung des *Gefesselten Prometheus* vorgelegt und dazu drei Bände mit Gedichten geschrieben, deren letzter ihren Rang gleich nach Tennyson und Browning bestätigt. [...] Der alte Schurke von Vater schäumt natürlich und rauft sich den Bart«, schreibt der Freund, als sei er dabei gewesen, »aber glücklicherweise muß sein Zorn ziellos verpuffen, denn sie verfügt über ein eigenes Einkommen von 350 Pfund im Jahr, von dem die beiden recht behaglich leben können. [...] Sie ist schon etwas ältlich – zu alt für Browning –, aber mit einem Wort: Sie lieben sich, und die Liebe macht uns alle wieder jung.«

Tatsächlich strahlte Elizabeth Barrett Browning auch in späteren Jahren noch etwas Mädchenhaftes aus, »klein und schwarz wie Sappho«, beschreibt sie sich, »fünf Fuß, ein Inch groß [1,55 m], keine nennenswerte Nase, ganz sicher kein Überfluß an Nase vorhanden, dafür ein Mund, der zu einer umfangreicheren Person paßte – und, oh, ein sehr, sehr schwaches Stimmchen, schwarze Haare, dunkler Teint, kleines Gesicht etcetera.« Auf ihrem bekanntesten Bild, das sie ein Jahr vor ihrem Tod zeigt, blickt sie groß und weh unter dunklen, geraden Brauen. Ihre Mundwinkel sehen ein wenig bitter aus, aber aus ihren Briefen wissen wir, daß sie sehr ironisch sein konnte. Zwei Matten ihres schwarzen, gelockten Haares fallen ihr vom Mittelscheitel auf die Schultern, eine Haartracht, die in ihrer Jugend Mode war und die sie nie änderte.

»Kleine Portugiesin« war einer von Brownings Kosenamen für sie, und vielleicht war am Stammbaum ihres Urgroßvaters Edward Barrett, eines Plantagenbarons, der über große Teile der jamaikanischen Nordküste und über zehntausend Sklaven geherrscht hatte, zwischen den legitimen hellen einmal ein dunkles Blatt gesprossen. Der Grund für das Heiratsverbot, das Elizabeths Vater seinen sämtlichen Nachkommen auferlegte, soll seine Furcht vor dem möglichen Auftauchen des afrikanischen Erbes in den Physiognomien seiner Enkel gewesen sein. Elizabeth selbst glaubte, sie habe »schwarzes Blut«, und deutet Browning gegenüber einmal die »sichtbaren äußeren Zeichen« an, das dunkle Haar und den Teint (»nach weiterem magst Du meine Schwestern fragen!«). Und an anderer Stelle: »Ich würde zehn Städte in Norfolk (so ich sie denn besäße) für eine reinere Herkunft hergeben als es das Blut der Sklaven ist! – Verdammt sind wir von Generation zu Generation!«[2]

Auch Robert Brownings Ahnen wurden von Biographen unter die Lupe genommen, denn sein väterlicher Familienzweig – seine Mutter hatte deutsche und schottische Vorfahren – war ebenfalls mit Westindien verbandelt. Er selbst spricht einmal im Scherz von sich als »diesem kleinen, langweiligen, gelben Kerl«[3], die einzige Anspielung auf einen vielleicht nicht ganz englischen Teint.

Während die Moulton Barretts jedoch den aus der jamaikanischen Plantagenwirtschaft stammenden Reichtum bedenkenlos verzehrten und Mr. Barrett in London mit nur unwesentlich verfeinerten Methoden seine Familie knechtete, war Roberts Vater auf einer Reise nach St. Kitt's, wo er sich ins Zuckerrohrgeschäft einarbeiten sollte, von der Sklavenhaltung derart abgestoßen, daß er »jede Aussicht auf eine Laufbahn in dieser Richtung verwarf, sich vor Ort anderweitig durchschlug und noch als Jugendlicher, zum Erstaunen und tief empfundenen Ärger seines Vaters«, nach England zurückkehrte. Er begann eine Laufbahn bei der Bank von England, brachte es zu einer gehobenen Stellung, zu Wohlstand und einer sechstausend Bände umfassenden Bibliothek.

Robert Browning hatte von seinem Vater Kunstsinn und Wißbegierde, Großmut, Lebensbejahung und ein freundliches Herz geerbt. Browning senior zahlte die Druckkosten für seine Bücher und erlaubte dem Sohn, das Leben eines Dichters und Privatgelehrten zu führen. Der junge Browning selbst sah ein wenig genialisch aus mit wallender, dunkler Mähne, blaugrauen Augen und einem Halsbart um das glatte Gesicht, wie ihn heute wohl nur noch ältere amerikanische Sektenmitglieder im hintersten Ohio tragen. Mary Russell Mitford, eine Freundin von Miss Barrett, die Browning nicht leiden konnte, zog gern über seine »weibische Erscheinung« her: »ein Mädchen in Knabenhosen, mit langen Locken und ohne Halsbinde, nicht größer als ein Zwölfjähriger«. Elizabeth jedoch sah in ihm ihr Ideal: den klugen, zartfühlenden Mann, den Seelenfreund und den überragenden Dichter.

Die Geschichte von Barrett und Browning ist von der Sorte, die eigentlich zu schön ist, um wahr zu sein, und in der Tat hat sich die Kenntnis ihrer Romanze länger frisch gehalten als der Eifer, ihre Werke zu lesen. Beide Protagonisten haben die poetische Erscheinung ihres gemeinsamen Lebens stets befördert, und alles paßte zusammen: der böse Zauberer, der seine schon leicht verblühte Tochter in rapunzelhafter Abhängigkeit hält; der strahlende junge Dichter-Ritter, der sie aus ihrem muffigen Turm befreit; die Liebe, die Leidende wieder gesund und Zagende tatkräftig macht.

Und doch ist alles so viel schwieriger und schmerzlicher. Und auch ein wenig rätselhaft. Warum hatte sich Elizabeth Barrett in diese freiwillige Gefangenschaft begeben und alles getan, um darin zu verharren? Warum mußte sie, die alt genug, intelligent, geschäftsfähig und dank des Legats einer Tante finanziell unabhängig war, ihre Korrespondenz und später ihre Liebe fast zwei Jahre lang geheimhalten, um am Ende mit Browning ins Exil zu entweichen? Die Gesellschaft würde ihnen verzeihen. Robert Brownings Eltern waren bereit, sie mit offenen Armen zu empfangen. Warum also konnten sie sich nicht in angemessenem Abstand von Wimpole Street in London niederlassen?

Die Antwort liegt in Elizabeth Barrett Brownings Familiengeschichte und in der Beziehung zu ihrem sehr geliebten, besitzergreifenden Vater, der sein siebengescheites Töchterchen fast wie einen erstgeborenen Sohn großzog. Sie gründet in dem Konflikt einer jungen Frau, die lernen mußte, daß Privilegien, Talent, Ruhm und alles Wissen dieser Welt sie nicht von dem ihr vorgezeichneten Weg als ewige Tochter abbringen würden. Die »unübersteigbaren Hindernisse«, die sich ihr und Browning in den Weg stellen sollten, bestanden nicht nur in Mr. Barretts Heiratsverbot und der drohenden Enterbung. Elizabeth selbst konnte sich monatelang nicht durchringen, »poor Papa« Kummer zu bereiten und ihn zu verlassen. Robert Browning mochte sie ans Licht und in die Freiheit getragen haben, aber er war nicht der erste Mann in ihrem Leben, den sie geliebt hatte, und sie trug ihre Kette bis zum Ende.

II

Elizabeths Vater Edward Barrett Moulton Barrett war 1792 mit zwei jüngeren Geschwistern von Jamaika nach England geschickt worden, um dort eine passende Internatserziehung zu genießen. Er war sieben Jahre alt, und niemand stand ihm bei. Dem Kapitän des Schiffes gab er seinen tränennassen Handschuh, damit er ihn seiner Mutter zurückbringe. Der Junge, der auf Cinnamon Hill über Montego Bay als »Master« über seine eigenen Sklaven verfügt hatte, landete hart in der Schule von Harrow. Ein älterer Mitschüler, dem er als »Fuchs« dienen sollte, prügelte ihn durch, weil er den Toast hatte anbrennen lassen. Es war ein unvergeßliches Ereignis.

An seinen Vater Charles Moulton konnte Edward sich kaum erinnern. Er war offenbar ein besonders unangenehmer Patron gewesen und früh aus dem Gesichtskreis seiner Familie verschwunden. Zu Beginn des 19. Jahrhunderts machte er sein Geld vermutlich als Sklavenhändler in New York. Auf Jamaika wie in England lebten Nachfahren von Moultons weißen und schwarzen Nebenfrauen, mit denen Edward später um das gewaltige Erbe seines Großvaters prozessierte. Anders als der Vater würde der Sohn ein streng moralisches, religiöses Leben führen und jede emotionale und sexuelle Subordination seiner Nachkommen unterdrücken.

Als Erben ihres Großvaters mütterlicherseits fügten Edward und sein jüngerer Bruder Samuel dem bestehenden Barrett Moulton noch ein Barrett hinzu, weshalb Elizabeth eine geborene Barrett Moulton Barrett war; davon behielt sie nach englischer Gepflogenheit ein Barrett bei ihrer Eheschließung als Mittelnamen bei.

Mit zwanzig heiratete Edward Moulton Barrett Mary Graham Clarke, eine sechs Jahre ältere, liebenswürdige Frau, die dem herrischen jungen Mann in keiner Weise gewachsen war und unter dem Regiment des »Donnergottes« allmählich etwas von ihrer sanften Art einbüßen sollte, »so wie auch die Milch bei Gewitter sauer wird«, schreibt Elizabeth. »Sie war zu fraulich; dies war ihr einziger Fehler.« Mrs. Barrett stand in achtzehn Ehejahren zwölf Schwangerschaften durch, die letzte mit vierundvierzig. Nur eines ihrer Kinder war außerordentlich begabt: Elizabeth, die Älteste, die am 6. März 1806, ein Jahr nach der Hochzeit, geboren wurde. Im Familienkreis hieß sie »Ba«, mit langem a, wie die englischen Schäfchen machen, aber, so schreibt John Kenyon, ein Freund der Familie, »unter ihrer Bä-Lämmertheit schlummerte eine Tigerin«.

Schon als kleines Mädchen trug sie das Bestimmerhütchen, war laut, entschlossen und trotzig, warf die Stühle um, wenn es nicht nach ihrem Willen ging, stiefelte im Park durchs Gestrüpp, statt auf dem Weg zu bleiben, und herrschte über Kindermädchen und jüngere Geschwister. Daß sie trotzdem geliebt wurde, lag an ihrer unterhaltsamen Phantasie und ihrem koboldhaften Charme. Die Geschwister schickten sie vor, wenn es galt, Papa um eine Gunst zu bitten, und solange sie klein war, vermochte sie ihn offenbar um den Finger zu wickeln.

Mit vier Jahren konnte sie lesen, mit sechs dichten, mit zehn schrieb sie Dramen auf englisch und französisch, die sie mit den Geschwistern für die Eltern aufführte, mit elf war sie fertig mit der schönen Literatur und wandte sich der Philosophie zu, mit dreizehn verfaßte sie ihr erstes längeres Werk in Blankversen, *Die Schlacht von Marathon*, das der stolze Vater in fünfzig Exemplaren drucken ließ, ein echtes book on demand. Er nannte seine Älteste »Poet Laureate von Hope End« und überreichte ihr eine Münze. Mit achtzehn begann sie, ihre Gedichte an literarische Zeitschriften zu schicken, und mit zwanzig genoß Miss Barrett in den entsprechenden Kreisen bereits den Ruf einer hochtalentierten Autorin.

Im Lauf der Zeit sollte sie lernen, sich wie eine Dame zu benehmen, aber ihrem Bruder Edward gestand sie, daß es sich bei ihrer zurückhaltenden Art um eine erworbene äußere Politur handelte, und daß ihr »weibliche Schwäche« zuwider sei. »Nur ich selbst weiß, daß dieselben zornigen Wallungen noch immer in der Tiefe meines Herzens schlummern. Mein Geist ist seinem Wesen nach unabhängig und verachtet die Unterwürfigkeit der Meinung, die von der Gesellschaft als notwendiger Begleitumstand femininer Anschmiegsamkeit betrachtet wird. Ich hege im Innersten ein fast stolzes Bewußtsein von Unabhängigkeit, das mich dazu treibt, meine eigenen Ansichten zu vertreten und mich nur wirklicher Überzeugung zu beugen!!!!!!!«[4] Sieben Ausrufezeichen.

Elizabeth war die Tochter ihres Vaters. Weibliche Schwäche würde ihr niemals imponieren.

Der Reichtum der Moulton Barretts erlaubte es Mr. Barrett, in Herefordshire einen Landsitz zu kaufen. Er hieß Hope End, aber er nahm ihn trotzdem und ließ zum Zeichen seiner hochgespannten Erwartungen einen luxuriösen Garten anlegen und ein nicht minder extravagantes Haus bauen, einen türkischen Palast mit Kuppeln, zahllosen Türmen und Minaretten, die von eisernen Halbmonden gekrönt waren.

Edward Barrett, der sich weder künstlerischer, politischer noch sozialer Talente rühmen konnte, widmete sich dort ganz seiner Patriarchenrolle. Sein war das letzte Wort und der Ton gelegentlich etwas rauh: »Hast Du einmal beobachtet, wie ein Herr der Schöpfung bei Tisch die Stirn runzelt, weil die Koteletts nicht durchgebraten sind und wie seine Augen ein Feuer sprühen, das geeignet wäre, sie im Nu in Asche zu verwandeln?« schreibt Elizabeth später an Robert Browning. Wenn jedoch alles nach Wunsch verlief, kehrte Mr. Barrett seine wohlwollende Seite nach außen, ein aufmerksamer, ermutigender Vater, den zu demontieren es viele Jahre der Verwandlung und Verhärtung bedurfte, und den seine Älteste niemals aufhörte zu lieben.

Mit seinen Söhnen spielte er Kricket, und obwohl er entschiedene Ansichten darüber hatte, was sich für junge Mädchen schickte und was nicht, durften seine Töchter fast alles lesen, was seine Bibliothek hergab. *Tom Jones* und *Aufstieg und Fall des römischen Reichs* standen im verbotenen Regal, aber *Werthers Leiden*, Mary Wollstonecrafts *Vindication of the Rights of Women*, die Werke von Rousseau und Voltaire waren zugänglich. Rätselhafter Mr. Barrett! Vielleicht zeugte er so viele Nachkommen, um ganz in seiner Rolle als Kleinkönig von Hope End aufgehen zu können. Nachbarn, Spielkameraden, Freunde und zukünftige Ehegesponse waren in seinem Reich nicht vorgesehen.

Als Elizabeths nächstgeborener Bruder Edward alt genug für die Unterweisung in den Klassikern war, bedrängte sie den Vater, an den Latein- und Griechischstunden seines Hauslehrers teilnehmen zu dürfen. »Bro« Edward war vermutlich das Gegenteil seiner blitzgescheiten, erfindungsreichen und durchsetzungsfähigen Schwester, aber sie liebte ihn, der ihre Ansichten und Vorlieben bereitwillig teilte, am meisten von allen Geschwistern, und er war sein kurzes Leben lang damit beschäftigt, sie anzubeten. Als Zwölfjährige überflügelte sie ihn bald in Latein und Griechisch, ebenso wie in Italienisch und Deutsch. Doch als Bro aufs Internat geschickt wurde, fand Elizabeth sich wieder allein auf die Bücher zurückverwiesen. Sie war noch immer das ungeduldige Mädchen, das lieber ein Wort erriet, als es im Lexikon nachzuschlagen, Briefe aufriß, nie den Knoten einer Schnur aufdröselte und »ständig erwartete, daß alles sofort geschehe und der Donner ebenso schnell wie der Blitz sei«.[5]

Nichts wies auf die Krankheit hin, die ihre Kindheit plötzlich beendete und die impulsive Fünfzehnjährige in eine lebenslang Leidende verwandelte. Was ihr wirklich fehlte, ist bis heute Gegenstand von Spekulationen. Sie war vom Pferd gefallen, litt an Magenkrämpfen, Kopf- und Rückenschmerzen, konnte weder sitzen noch gehen, und die Ärzte glaubten, daß sie sich eine unheilbare Rückgratverletzung zugezogen habe. Ein anderes Mal deutete alles auf kranke Bronchien hin, dann war es das Blut, dann das zerrüttete Nervensystem. Dr. Chambers, der auch Hausarzt von Queen Victoria war, diagnostizierte bei der erwachsenen Miss Barrett eine »pilzartige Wucherung im Hirn«, die, wie die Patientin ironisch anmerkte, durch ausschweifendes Lesen und Dichten ausgelöst worden sei. Der Arzt befahl eine vollkommene Ruhigstellung von Körper und Geist und entzog der Patientin Feder und Tintenfaß. Die Kur schlug jedoch nicht an; so wenig wie alles andere, was die Ärzte verordneten.

Heute schließt man aus den Symptomen, daß Elizabeth Barrett ungeachtet des Sturzes an Tuberkulose litt. Schmerzen in der Seite, Schwäche, Husten, der sie »in Splitter riß«, und blutiger Auswurf sollten sie künftig immer wieder in Schüben heimsuchen. Gegen die Krämpfe und die damit einhergehende geistige Verwirrung verabreichten ihr die Ärzte Morphium, eine aus Opium gewonnene Medizin, die damals wohlfeil und rezeptfrei zu kaufen war. Auf Jamaika, wo Pflanzersgattinnen im karibischen Klima unter vielen kleinen und großen Beschwerden litten, lutschte man Pillen aus Zucker und Opium wie Pfefferminzdrops. So griff auch Elizabeth Barrett Browning ihr ganzes Leben lang zu Morphium, Opiumtinktur und Äther in jeder Darreichungsform. Weder sie noch ihr prinzipienstarker Vater scheinen jemals moralische oder gesundheitliche Bedenken gegen die Droge gehegt zu haben. Das Zeug half sogar gegen kalte Füße und Appetitlosigkeit. »Ich verdanke Leben, Mut und Schlaf dem Opium«, schreibt sie später an ihre Freundin Mary Mitford, die ebenfalls eine Opiumesserin war, »und ich preise dankbar seinen Namen, wo immer man meine Stimme hören will – ich bin überzeugt, daß es nicht nur den Geist beruhigt, sondern daß es in meinem besondern Fall auch heilsam für die Lunge ist, weil es den Kreislauf reguliert. Vivat Opium!«[6]

Vermutlich war ihr Zusammenbruch mit fünfzehn auch psychosomatisch bedingt oder zumindest verlängert. Das kleine Mädchen konnte nicht immer der »Poet Laureate von Hope End« bleiben. Bro Edward, der so viel weniger fix war, eröffneten sich Chancen auf Bildung und Fortkommen in der Welt. Von ihr wurden Biegsamkeit und Schmiegsamkeit erwartet, weibliche Tugenden, die sie im Jahr zuvor noch verächtlich von sich gewiesen hatte. Vielleicht lag im Beharren auf der Krankheit auch ein Mittel, sich ihrer Rolle zu entziehen und Schwäche in die Herrschaft der Leidenden zu überführen.

Monate später sollte sie wieder laufen und reiten können, aber sie ermüdete nun leichter und verlor schnell die

Nerven. »Ich gehöre zu dieser bedauernswerten Sorte schwacher Frauen, deren Seele nicht immer Gewalt über den Körper hat, Frauen, die in hysterische Zustände verfallen, wenn statt dessen Tatkraft und Widerstand gefordert sind«, schrieb sie Browning kurz vor ihrer klandestinen Flucht. Es gab lange Phasen, in denen sie ganz gesund schien, früh in den Park hinauslief, ohne Schirm im Regen stand und ohne Strümpfe im nassen Gras. »Ich rannte, stolperte, rollte presto prestissimo bis zum Fuß des Hügels, trat bei Mr. Boyd ein und wurde ausgeschimpft, weil ich außer Atem war.«

Mr. Boyd war ein Gelehrter auf dem Gebiet der klassischen antiken Literatur und selbst Autor griechischer Tragödien. Er war blind, lebte mit Frau und Tochter in einem Cottage in der Nachbarschaft und verfügte über einen kleinen Kreis weiblicher Bewunderer, die ihm bei seinen Studien Augen und Hand ersetzten. Daß er von der eher humorlosen, korinthenspaltenden Sorte war, sollte Elizabeth erst in späteren Jahren irritieren. Als junges Mädchen konnte sie ihre schwärmerische Neigung für ältere Herren ganz an die unattraktive Gestalt von Mr. Boyd heften. Sie war seine Favoritin, eine Stellung, die von den Damen Boyd mit gemischten Gefühlen aufgenommen wurde.

Die nachbarschaftlichen Besuche, bei denen ein gefährlich steiler Hang zu bewältigen war, hatte Elizabeth ihrem Vater abgetrotzt. Später in Sidmouth ritt sie auf einem Esel am Strand entlang, ruderte, tauchte ins Meer und bewunderte den Pfarrer, Mr. Hunter, der jedoch als Witwer nicht ganz so »sicher« wie Mr. Boyd war. Noch sehr viel später, in Italien, sollten sie ihre Füße durch ganz Florenz und auf die oberste Aussichtsgalerie von Kirchtürmen tragen. Aber die robusten Phasen waren nicht von Dauer. Alle, die Barrett Browning begegnet sind, sprechen von ihrer Zerbrechlichkeit, der flüsternden Stimme (verglichen mit dem zuversichtlichen Bariton ihres Mannes) und einem Händedruck, der sich anfühlte, als reichte sie dem anderen den Fuß eines kleinen Vogels.

1807 wurde der Sklavenhandel in England verboten. Die Knechtschaft auf den Plantagen in Westindien nahm damit jedoch kein Ende. Mr. Barrett verstand die Kampagne zur vollständigen Abschaffung der Sklaverei gar als eine Verschwörung gegen seine guten Rechte. Ein Prozeß um Landbesitz und »Pakete« von Sklaven, den er verlor, machte die finanzielle Lage äußerst prekär. Im Oktober 1827 starb seine Frau und mit ihr vielleicht der einzige Mensch, dem er seine verletzliche Seite gezeigt hatte. Er holte die Söhne aus dem Internat zurück, aber Hope End war kein Zuhause mehr. Daß er insolvent war und seinen türkischen Palast verkaufen mußte, war ein Schlag, den Mr. Barrett allein mit sich selbst ausmachte. Ewig zögernd und die Augen vor dem Unvermeidlichen verschließend, schwieg er und hielt seine Kinder fast bis zu dem Tag im Ungewissen, an dem sie ihre Sachen packen mußten. Elizabeths Herz blutete für Papa. Seine Verschlossenheit deutete sie als Charakterstärke. Im August 1832 verließen die Barretts Hope End. Der Name durfte danach nie wieder in seiner Gegenwart ausgesprochen werden.

III

Die Familie zog an die Kanalküste nach Sidmouth, wo sich Elizabeths Lunge mit gesunder Seeluft füllte. Drei Jahre später wechselten sie, Mr. Barretts Geschäfte wegen, noch einmal die Adresse: London, Gloucester Place, und zwei Jahre später Wimpole Street Nr. 50.

Die Stadt war ein sehr viel unpassenderer Ort für eine latent schwindsüchtige junge Frau. »London ist wie eine Mumie so dicht in gelben Nebel gewickelt, daß ich kaum etwas von ihrem Gesicht gesehen habe, seit wir hier eingetroffen sind. Aber ich wage zu behaupten, daß ich mich in meinem Kerker bald umsehen und mit den Spinnen Bekanntschaft schließen werde.«

Dieses alte London, die größte Stadt der Welt, lag unter einem bleiernen Himmel, den der Rauch aus einer halben Million Kamine, aus Fabrikschloten und der ersten Lokomotiv- und Schiffsschornsteine über sie gebreitet hatte. Der Schwefel, der Ruß und der Regen, die Schwaden aus Küchen und Kuhställen verdichteten sich zu einem Gebräu, in dem die Fenster jenseits des zweiten Stocks und die Brükkenpfeiler über der Themse verschwanden. Das Leben spielte sich auf der Straße ab; die meisten Menschen gingen ja zu Fuß, und ihr Zusammenwirken war laut, grell und ungeniert: Bettler, Gaukler, Hundefänger, Händler, Tramps und Straßensänger, Hausierer und Schreihälse an jeder Ecke; Fisch- und Viehmarkt mitten in der Stadt, Ginbuden, Theater und ab und zu eine publikumswirksame Hinrichtung. Das Getrappel erregter Pferde, Flüche, Peitschenknallen, eisenbeschlagene Räder – es war brandgefährlich, und der Mensch nahm sich besser in acht, denn so etwas wie ein

Verkehrspolizist war noch lange nicht in Sicht. Gaslicht erhellte nur die wichtigsten Straßen. Der größte Teil der Stadt lag nachts im Dunkeln. Wen es abends hinaustrieb, der heuerte einen Laternenträger an.

Mr. Barrett war von Temperament und Neigung her kein Gastgeber, und Elizabeth, die nicht gewohnt war, sich in Gesellschaft zu bewegen, geschweige denn zu flirten, fehlte es an dem Schliff anderer junger Damen, von denen ihre Familien erwarteten, daß sie sich angenehm machten und beizeiten einen Ehemann fanden. Möglich auch, daß Miss Barrett als intellektueller Überflieger in den plaudernden und tratschenden Kreisen nicht so recht Fuß fassen konnte, und da sie ohnehin von zarter Gesundheit war, blieb sie zu Hause, übersetzte den *Prometheus* von Aischylos, schrieb *Abhandlungen über die christlichen Dichter Griechenlands* und Gedichte, die 1838 erschienen und die wohlwollende Aufmerksamkeit der Kritik fanden.

Elizabeth war nun 32 Jahre alt. Ihr Liebesleben hatte sich bisher auf die Bewunderung von Mr. Boyd und Mr. Hunter beschränkt, mit denen sie gescheit und gefühlvoll korrespondierte. Wenn eines ihrer jüngeren Geschwister die Flügel regte, war ihre Intervention bei Papa immer erfolglos geblieben. »Ich habe meinen Vater einmal sagen hören, ich sei die reinste Frau, die er kenne. Darüber mußte ich lächeln; ich glaube, ich lachte sogar geradeheraus, denn ich verstand vollkommen, was er meinte, nämlich, daß ich ihn niemals mit der Niedertracht einer Liebesaffäre behelligt oder mich mit unschicklichen Gedanken an die Ehe getragen hatte.«

Ihre Schwester Henrietta, die weniger rein und als leidenschaftliche Polkatänzerin eher den spaßhaften Seiten des Lebens zugeneigt war, hatte einmal den Fehler begangen, um Erlaubnis für einen Ausflug zu bitten, an dem offenbar auch ein junger Mann beteiligt war, und Elizabeth, zu ihrer Unterstützung unter den Augen des Vaters aufgerufen, erinnerte sich »der schrecklichen Szene« im Salon. Kein Kind hätte sich demütiger in einen verweigerten Ferientag geschickt. »Doch, wie mußte sie deswegen leiden! Und nur, weil sie glaubte, ein wenig verliebt zu sein. Ich höre noch, wie ihre Knie auf den Boden schlugen.« Der Donnergott schleuderte seine Blitze. Was genau geschah, teilt sie Browning später nicht mit, nur, daß sie ihm bereits von dem exzentrischen Verhalten ihres Vaters »der Verirrung oder Schlimmerem« erzählt hatte. Ihre Schwester erlitt einen hysterischen Anfall und mußte halb aus dem Zimmer getragen werden; Elizabeth brach ohnmächtig zusammen, und da sich alle Hilfskräfte um Henrietta gesammelt hatten, fiel sie aufs Gesicht.

Mr. Barrett, der glaubte, der Verlust von Hope End habe seine Autorität untergraben, machte seinen Kindern klar, daß jedes, das sein Glück außerhalb seines liebenswürdigen Wirkungskreises suchte, enterbt werde. Und genauso geschah es zu seinen Lebzeiten. Nach einer ungeschriebenen Verordnung im Hause Barrett, unter die alles fiel, was Papa lästig oder schmerzlich war, durften auch die Namen der Ausbrecher nie wieder erwähnt werden. Selbst die Söhne, die energisch genug waren, einen Beruf zu erlernen, duckten sich. »Die Unredlichkeit – die Feigheit – die ›Untugenden von Sklaven‹! Und, sehen Sie, jeder von uns – zur absoluten Unterwerfung gezwungen, der scheinbaren Unterwerfung zumindest, und zwar durch jenen schlimmsten und entehrendsten Zwang, den Zwang zu leben, da sie in Geldangelegenheiten alle außer mir von seinem unbeugsamen Willen abhängig sind«, schreibt Elizabeth später an

Browning, und konnte doch nicht ertragen, daß dieser sich empörte. »Was Sie nicht sehen können, ist die tiefe, sanfte Liebe hinter all diesen patriarchalischen Vorstellungen von der Beherrschung seiner erwachsenen Kinder. [...] Unter der rauhen Schale hat es noch keine echtere Liebe im Herzen eines Vaters gegeben – nein, nicht einmal ein edleres Herz an sich. Ich kenne kein Herz, das reiner und redlicher wäre und zu Dankbarkeit und Verehrung mehr einlüde als das seine. [...] Das Übel liegt im System – er hält es einfach für seine Pflicht, zu herrschen und uns nach seiner Fasson glücklich zu machen. [...] Dabei weiß er das Gesetz und die Heilige Schrift auf seiner Seite.«[7] Ob der Donnergott seine Befugnisse auch auf körperliche Strafen ausdehnte, ist nicht belegt, aber Elizabeths Andeutungen erratischen und exzentrischen Gebarens, ihr wiederholtes »er wird mich aus dem Fenster werfen«, lassen auf eine zupackende Art schließen.[8] Die Beteuerungen seiner Ältesten, sie habe sich aus Liebe, nicht aus Zwang an die väterliche Kandare gewöhnt und mit der Zeit gelernt, »ganz leicht ins Geschirr hineinzuschlüpfen«, erscheinen als Metapher eher dem Wesen des Karrengauls als dem der gehorsamen Tochter geschuldet.

Tatsächlich fand Elizabeth für Mr. Barretts Verhalten, das aus Einsamkeit, Frustration und seinem Verständnis von Gottesgnadentum gespeist war, immer wieder erstaunliche Entschuldigungen. Solange sie glaubte, daß er sie liebte, ertrug sie seinen Stimmungswechsel zwischen Brutalität und Zärtlichkeit (»mein Kätzchen«) mit einer Fügsamkeit, die Browning auf die Palme brachte. Jünger, sanfter, charmanter und gescheiter, war der Geliebte dem »starken Mann«, der Elizabeths Seele von Kind an geprägt hatte, augenscheinlich an Attraktivität überlegen, aber gegen ihre notorische

Heldenverehrung, die sich später auf graubärtige italienische Republikaner und Napoleon III. richtete, war auch er machtlos.

Im Winter 1840 war Elizabeth wieder so krank, daß die Ärzte dringend ihre Entfernung aus dem Londoner Smog und eine Reise in den Süden empfahlen. Mr. Barrett ließ sich jedoch nur zu Torquay an der Küste von Devon überreden. Bro, der immer abkömmlich war, begleitete sie. In Torquay erreichte sie die Nachricht vom Tod ihres Bruders Samuel, den der Vater als seinen Bevollmächtigten nach Jamaika geschickt hatte. Sam war dort den karibischen Versuchungen erlegen, dem Rum, dem Opium, der Indolenz und den verfügbaren Frauen, und mit 28 Jahren vom Gelbfieber dahingerafft worden. Elizabeth, die sich so weit erholt hatte, daß sie in einer Sänfte spazierengetragen werden konnte, brach zusammen. Der Nächstgeborene, Charles John, »Stormie«, wurde nach Westindien geschickt, und Mr. Barrett beorderte Bruder Edward nach Hause. Elizabeth fühlte sich ihrer einzigen Stütze beraubt. Sie flehte den Vater um eine Verlängerung an, die schließlich, wenn auch ungnädig, gewährt wurde. Mr. Barrett ließ sie wissen, er weigere sich zwar nicht unter diesen Umständen seine Anordnung zurückzuziehen, aber er betrachte es als »sehr unrecht von mir, auf meinem Wunsch zu beharren«. Es war Elizabeths Richtspruch, »wie mit Feuer in mich eingebrannt«, denn Monate später, am 11. Juli 1840, unternahm Bro mit drei Freunden bei schönem Wetter und glatter See eine Segelpartie. Die kleine Yacht kenterte in einer Bö, und die jungen Männer ertranken. Vier Wochen später wurde Bro gefunden; man erkannte ihn an seinen langen Haaren.

Elizabeth war überzeugt, daß sie die Schuld an seinem Tod treffe. Sie hatte dem Vater diese Zeit abgetrotzt, »weil die Ärzte nicht für mein Leben garantieren konnten, wenn ich mich aufregte« und weil Bro versprochen hatte, sie nicht zu verlassen, bis sie gesund sei. Und nun war er tot, nach einer kleinen Meinungsverschiedenheit unversöhnt von ihr geschieden, und »die Feder meines Lebens war gebrochen«. Bros Tod sollte ihr ganzes Leben überschatten. Nie würde sie mit einem anderen Menschen über den Unfall sprechen und selbst Robert Browning nur einmal in einem Brief davon erzählen können.

Monatelang lag sie fiebrig und gelähmt in ihrem Zimmer, konnte nicht weinen, nicht essen, und der Schlaf kam nur nach vielen Tropfen Laudanum. Im Wachen litt sie unter Halluzinationen bis zum Rand des Wahnsinns. Ihren Vater hatte sie »der Krone seines Hauses beraubt«. Daß er sie nachsichtig und ohne Vorwurf empfing, als sie endlich in einer gefederten Kutsche wie in einem Ambulanzwagen liegend, von Torquay nach London zurückexpediert wurde, vertiefte ihre Schuldgefühle. Sie glaubte, Gott habe ihr diese Strafe für ihre Eigensüchtigkeit auferlegt, und ein Weiterleben wäre nur möglich, wenn sie in Zukunft ganz ohne eigene Wünsche sei. Als Tochter würde sie sich dem Willen ihres Vaters unterordnen. Und Mr. Barrett konnte darauf zählen, daß sie die Familie nicht noch einmal spalten würde.

IV

So schloß sich im September 1841 die Doppeltür im dritten Stock der Wimpole Street Nr. 50 hinter Elizabeth Barrett. Das traumatische Ereignis hatte das Bestimmerkind, die große Schwester, das vielversprechende junge Talent in eine krankhaft schüchterne, introvertierte Frau verwandelt, die mit 35 Jahren nur noch für ihre Studien, ihre ausgedehnte Korrespondenz, ihre Lektüre und ihre Poesie lebte. In der Familie gab es keinen, mit dem sie ein Gespräch auf Augenhöhe hätte führen können, auch keinen, der wissen durfte, daß sie »unanständige« französische Bücher las, die »ein wenig Farbigkeit in meinem Leben erhielten«[9] und ihre »Gier« nach phantasiereicher Lektüre stillten. »Ich bin zu alt, zu einsam und zu traurig und ich habe genug Erfahrung, was gute und schlechte Literatur betrifft, um von dem Übermaß an Unmoral in französischen Romanen schockiert zu sein.«[10] Und trotz des entsetzlichen Schmutzes »watete« sie durch unzählige Bücher von Balzac, Victor Hugo, Dumas, Eugene Sue und George Sand – letztere genial, so wortgewandt wie ein gefallener Engel und oh so »schamlos«!, daß die Leserin bis in die Fingerspitzen errötete. Kalt und farblos erschien ihr dagegen die heimische Belletristik.

Miss Barretts Kontakte zur Welt beschränkten sich von nun an aufs Briefeschreiben. Sie ging nicht mehr aus, und sie empfing auch niemanden. Den verehrten Altgriechen Mr. Boyd, der in ihre Nachbarschaft gezogen war, sollte sie sieben Jahre lang nicht sehen. Die Briefe von Bewunderern, die sie um eine Audienz baten, wanderten ausnahmslos ins Feuer. Dem Maler Benjamin Robert Haydon, der sie seine »süße Unsichtbare« nannte, schickte sie zwar eine

Beschreibung ihrer Physiognomie, aber keine Einladung, sie in Natur zu besichtigen. Nur zwei ältere Freundinnen, die praktische und kluge Anna Jameson, eine frühe Feministin und professionelle Bildungsreisende, und die zwanzig Jahre ältere Schriftstellerin Mary Russell Mitford, die ihr nach Bros Tod den Cockerspaniel Flush geschenkt hatte, setzten sich über ihre Empfindlichkeit hinweg und drangen zu ihr vor. Auch Mr. Hunter, ihr Verehrer aus Sidmouth, der eine beinahe stalkerartige Penetranz entwickelte, ließ sich nicht immer abweisen.

Und dann war da noch die Buddhagestalt von John Kenyon, ein Cousin von Mr. Barrett aus Jamaika. Er hatte sein Vermögen klüger als der Vetter angelegt, dichtete ein wenig und war gut vernetzt in der literarischen Szene, ein großzügiger Gastgeber mit »warmem Herzen, guter Verdauung und sonnigem Gemüt«, wie ihn ein Freund beschrieb. Obwohl Mr. Barrett ihn nicht ausdrücklich in seinem Hause willkommen hieß, verstand sich John Kenyon bald als Elizabeths Berater, Kritiker und Agent. Da er auch ein alter Bekannter der Brownings war, hatte er 1843 versucht, der prominenten »Einsiedlerin in der Wimpole Street« den jungen Dichter zuzuführen; vergeblich. Sie machte keine Ausnahme, denn »es ist schwer, die Leute wieder los zu werden, wenn man ihnen einmal eine Freude gemacht hat«.[11] Auch Robert Browning glaubte diese Sorte von Menschen zu kennen: »Sie kommen und essen ihr Käsebrot am Hochaltar [...] und ruhen nicht eher, bis sie der Venus von Medici ihre Initialen in die Wange geritzt haben, um ihr so ihre Verehrung zu bezeugen.«[12] Zu diesen Flegeln gehörte er natürlich nicht; trotzdem hatte sich die Tür vor seiner Nase geschlossen.

Elizabeth Barretts Gebrechlichkeit schlug sich jedoch

nicht auf ihren Arbeitsfuror nieder. »Zur Zeit habe ich einen poetischen Anfall«, schreibt sie einem ihrer Brüder im Juli 1843. »Ich schreibe *solche* Gedichte – allegorisch-poetisch-ethisch –, alle synthetisch geordnet. Es ist wie ein Rausch, ich könnte Tag und Nacht schreiben, und ich sehne mich danach, drei Monate lang ganz allein in einem Wald voller Zedern und Kastanien zu leben und im stündlichen Wechsel Verse von mir zu geben und Züge von Morphium zu mir zu nehmen.«

1844 erschienen zwei Bände mit ihren *Poems*, darin *The Cry of the children*, eine Anklage gegen die Schufterei in Fabriken und Zechen, zu der bereits Vier- und Fünfjährige gezwungen wurden. Das Gedicht erregte weites Aufsehen, führte mit zu einem Sinneswandel in der Gesellschaft und noch im selben Jahr zu einem Gesetz gegen Kinderarbeit.

»Denn ach«, sagen die Kinder, »wir sind müde,
und wir können weder laufen noch springen;
wenn wir uns überhaupt Wiesen wünschten, wäre es nur,
um uns in ihnen niederzulegen und zu schlafen.
Unsere Knie zittern schmerzerfüllt bei der gebückten Haltung;
wir fallen aufs Gesicht, wenn wir zu gehen versuchen;
und unter unseren schweren, ermatteten Augenlidern
erschiene die röteste Blume so weiß wie der Schnee;
denn den ganzen Tag zerren wir unsere ermüdende Last
durch das Kohlendunkel unter Tage;
oder den ganzen Tag treiben wir die Räder aus Eisen
in den Fabriken rund und immer wieder rund.«

Elizabeth Barrett kannte die Zustände, die sie anklagte, nur aus dem Report einer Königlichen Untersuchungskommission über die industrielle Beschäftigung von Kindern. Sie hat nie eine Fabrik, nie die Behausung einer Arbeiterfamilie betreten, obwohl dieses andere London mit seinen schmierigen Straßen und ruinösen Häusern nur ein paar Ecken von der Wimpole Street entfernt lag. Die Giebel, Gauben und Schornsteine von St. Giles konnte sie vom Fenster ihres Schlafzimmers aus sehen. Von dort stand nichts Gutes zu erwarten, wie Flush und seine Herrin erfahren sollten. Miss Barrett war nur einmal dort und hütete sich, aus der Kutsche zu steigen.

Ihr Leben hatte weder mit dieser noch mit der Welt der Salons und Gesellschaften zu tun; es nahm mit der Zeit realitätsferne und literarisierende Züge an. Als sie sich in die Matratzengruft zurückzog, glaubte sie, »Frieden, Ruhe und *Herzenssicherheit*« gefunden zu haben. Erst viel später erkannte sie: »Nach den Vorfällen in Torquay, die mir das Herz gebrochen hatten, lebte ich nur noch auf der Außenseite meines Lebens, von einem Tag zum anderen, blind, im Dunkel und ganz ohne Hoffnung. Niemand hat das wirklich verstanden, denn moralisch bin ich kein Feigling, und ich hasse jede Art von lautem Gestöhn. [...] Sogar meine Gedichte gehörten zu diesem von mir abgetrennten Außenleben. Sie wurden geschrieben und fertig. Was die Leute darüber sagten, hat *mich* nicht berührt. Ich war in einem durch und durch krankhaften und trostlosen Zustand, auf den ich heute mit einem Schrecken zurückblicke, als sähe ich mich in meinem Leichentuch, in das man mich aus Versehen gewickelt hatte, als man die Trance für meinen Tod hielt.«[13]

Keiner ihrer Ärzte und niemand aus der Familie versuchte in den kommenden fünf Jahren, Elizabeth aus ihrer Depression und ihrem schauerlichen Zimmer zu erlösen. Die kleinen Schritte vom Sofa zum Fenster und vom Sofa in den Salon hinunter wurden immer weniger, und natürlich brannte ihr Lebenslicht unter diesen Umständen immer schwächer. Als Konsequenz erhöhten die Ärzte ihre Morphiumdosis. Am Ende nahm sie täglich vierzig Tropfen, die Ration eines fortgeschrittenen Junkies. Ihre Schwestern pflegten sie, ohne einen Seufzer hören zu lassen, ihre Brüder besuchten sie und rissen zu ihrer Unterhaltung Witze. Der Vater kam jeden Abend spät heraufgestiegen, um mit ihr zu plaudern und schließlich an ihrem Bett niederzuknien und Hand in Hand mit ihr zu beten.

Doch wie es scheint, ging selbst ihm dieses Kranksein gelegentlich zu weit. Nach einem Blick auf das Tablett mit ihrem Abendessen runzelte er die Stirn und verkündete ärgerlich, Widersetzlichkeit und trockener Toast hätten zu ihrem bedauerlichen Niedergang geführt, und wenn Elizabeth die Freundlichkeit besäße, ein ordentliches Beefsteak und ein Glas Porter zu sich zu nehmen, sei sie in einem Monat wieder auf den Beinen ...[14]

Aber Elizabeth, die weibliche Schwäche verachtet hatte und auch später die Attitüde der geknickten Lilie nicht ausstehen konnte, tat alles, um nicht wieder auf die Beine zu kommen. Sie hatte sich selbst in ihr Leichentuch gewickelt und mit dem Leben abgeschlossen. Auch die Ärzte hatten ihr Urteil gesprochen: Sie werde nie wieder gesund werden. Ihrem Vater hatte die gehorsame Tochter geschworen, ihn nicht zu verlassen. Man mag sich fragen, wer von den beiden damit schwerer gestraft war.

In diesem Ambiente besucht Robert Browning im Frühjahr 1845 nach langem Antichambrieren Elizabeth Barrett zum ersten Mal: Sie liegt wie meist in einen indischen Schal gehüllt auf dem Sofa. (Für die Nacht wird es in ein Bett umgebaut.) Das Tageslicht scheint nur gedämpft durch das einzige Fenster, denn die Scheiben sind innen von einem bemalten Gazevorhang und außen von Efeuranken verhüllt. Zwischen Oktober und April darf dieses Fenster nicht geöffnet werden; gegen den schädlichen Luftzug sind seine Ritzen mit Papier verstopft, und die Zofe schürt das Feuer im Kamin Tag und Nacht. Da Staub schädlich für Miss Barretts Lunge ist, wird um sie herum den ganzen Winter über weder gewischt noch gelüftet. Weiche, stumpfe Materie sammelt sich ungestört auf Möbeln, Bilderrahmen und den Marmorbüsten antiker Dichter. »Am Ende gehen wir über eine Art weißen Sand«, schreibt Elizabeth an eine Freundin, »und wenn wir unsere Füße nicht sachte heben und wieder aufsetzen, fliegt der Sand in einer Wolke auf. Die Spinnen sind den Winter über zahm geworden.«[15]

Nachts schläft Schwester Arabel im selben Zimmer, und rund um die Uhr leistet ihr der Cockerspaniel Flush Gesellschaft, ein mit Toast und Kuchen vollgestopftes treues Geschöpf, das zu ihren Füßen ruht und zweimal am Tag von der Zofe auf die Straße geführt wird. Im Zimmer roch es nach Kölnisch Wasser, schreibt Virginia Woolf in ihrer Biographie des berühmtesten literarischen Hundes. Dem armen Tier schwanden fast die Sinne. »Flush hatte das Gefühl, daß er und Miss Barrett allein in einer mit Kissen ausgepolsterten und von Feuer erleuchteten Höhle lebten.« Manchmal fiel ein Streifen Sonne durch das Fenster auf den Fußboden, gerade so breit, daß Flush seine Schnauze hineinlegen konnte, während die gelockten Ohren im Schatten ruhten.

In dieser Gruft lehnt Miss Barrett in den Polstern und schreibt, vernimmt nur das Atmen ihres Hundes und das Ticken der Uhr. Oder ist es das Pochen und Flattern ihres Herzens? Sie leidet keine Schmerzen, aber sie ist nervös,

nervös! Gegen solche Zustände helfen ein paar Tropfen aus der blauen Phiole. Morphium »bringt das Nervensystem wieder ins Gleichgewicht und verleiht mir die nötige Gelassenheit. Nicht, daß Sie meinen, ich nähme es für meine ›geistige Verfassung‹ im gewöhnlichen Sinne«[16], versicherte sie später dem besorgten Browning.

An Rausch und Entgrenzung im gewöhnlichen Sinne war nicht gedacht? Mit 27 hatte sie ein Gedicht geschrieben, *A true dream*, in dem sie die »geheimnisvolle Phiole« öffnet, der wie Aladins Wunderlampe schimmernder Rauch entweicht, aus dem schreckliche Traumgesichter hervortreten. Der eisige Atem des Todes weht die Träumende an, und auf dem Boden winden sich drei giftige Schlangen, die an Größe, Stärke und Widerlichkeit zunehmen und jedem Versuch spotten, sie durch frommes Gebet oder ätzendes Vitriol in die Schranken zu weisen.

> And while they shrieked, and while they writhed,
> And inward and outward wound,
> They waxed larger, and their wail
> Assumed a human sound.[17]

Daß Elizabeth Barrett Browning morphiumsüchtig war, entging den wenigsten ihrer Zeitgenossen. Es war die Droge der Künstler, nicht schrecklicher und verächtlicher als Gin und Whisky. Byron und Scott hatten Opium genommen, Shelley, Keats, Coleridge und de Quincy waren abhängig von dem Gift. Auch die Präraffaeliten naschten davon – einige mit Todesfolgen. Die amerikanische Dichterin und Frauenrechtlerin Julia Ward Howe bezichtigte Elizabeth später, ihre poetischen Höhenflüge gelängen ihr nur auf den »geborgten Schwingen« ihres ungenannten Elixiers.

I shrink before the nameless draught
That helps to such unearthly things,
And if a drug could lift so high,
I would not trust its treacherous wings

Lest, leaping from them, I should fall,
A weight more dead than stock or stone, –
The warning fate of those who fly
With pinions other than their own.[18]

Was für ein »namenloser Trunk«?, fragte Elizabeth erstaunt. Sie war »kein bißchen ärgerlich«, denn Mrs. Howe hatte natürlich recht. »Zum Schreiben muß man leben, und ohne Morphium wäre ich nun einmal nicht am Leben.«[19]

V

Im März 1845 weist Elizabeth Barrett den jungen Mr. Browning, der hartnäckig um die Erlaubnis eines Besuchs bittet, in einem Brief auf die ungleiche Menge an Lebenserfahrung hin, die sie trenne. Von Leiden verstünde er sicher nichts, da die »tiefen Betrübnisse des Lebens«, gegen die sie zu kämpfen habe, bisher an ihm vorbeigegangen seien.

Verglichen mit ihrem Leben, war das von Robert Browning tatsächlich in glatten Bahnen verlaufen. Als er mit ihr zu korrespondieren beginnt, ist er gesund und stabil, ein elastischer, kleiner Mann mit dichten, braunen Locken und weit auseinanderstehenden, grauen Augen, ein ausdauernder Spaziergänger und guter Reiter. Er kennt weder Tod noch Verlust, hat äußerst unkomplizierte Eltern, eine jüngere Schwester, die ihn bewundert, und mit Anfang dreißig weiß er nicht einmal, was Liebeskummer ist.

Die einzige Wunde, die er trägt, ist der Mißerfolg. Neben den literarischen Stars der Zeit – Elizabeth Barrett, Edward Bulwer Lytton, William Wordsworth, Walter Savage Landor, Thomas Carlyle und Alfred Tennyson – ist Robert Browning nur ein kleines Licht; einem Kreis von Lyrik-Liebhabern bekannt, die seine Meisterschaft des dramatischen Monologs preisen, in dem der Sprechende unter Mißachtung herrschender Reimgesetze in Gedankensprüngen und scheinbaren Nebenbemerkungen einem Gegenüber seine seelische Befindlichkeit preisgibt. Epische Gedichte sollten, wie Virginia Woolf bemerkt, hundert Jahre später vielleicht von zwei Professoren an amerikanischen Universitäten einmal im Jahr mit dem Blick gestreift werden,[20] aber die Viktorianer liebten sie, und Brownings *Paracelsus*, ein dramatisches Gedicht in viertausend Blankversen über die faustisch-genialische Figur des Schweizer Arztes und Alchemisten aus dem 15. Jahrhundert, brachte ihm erste Anerkennung ein.

Weil er sich zum Dramatiker berufen fühlte und auch um des lieben Baren willen, denn das Theater war nicht nur Bildungs-, sondern auch eine lukrative Volksbelustigungsanstalt, versuchte sich Browning immer wieder als Theaterautor. Aber auf der Bühne fiel *Strafford*, sein einziges Stück, das es bis auf die Bretter geschafft hatte, durch. Sogar Miss Barrett, die der ständigen Krittelei ihrer Freundin Mitford an dem Dichter standgehalten hatte, mußte zugeben: »Er scheint mir höchster Dramatik und Leidenschaft fähig, und ich glaube, es wäre klug von ihm, wenn er seine Talente auf seine Gedichte verwendete, die der Mitfühlende lesen kann, anstatt seine Stücke der Gnade der großen Menge der Ungewaschenen auszuliefern, die nicht richtig lesen kann [...] Sie werden sagen, ein Stück von Mr. Browning sei wie die Lektüre eines Rätselbuchs, das man auf einen Sitz durchliest, ohne die Antworten erraten zu wollen – vielleicht. Dennoch ist er ein Dichter, der die Seele durchbohrt, und man wird schwerlich einen Autor finden, der vollkommener ist.« Das ungewaschene Publikum entschied jedoch gegen *Strafford*. Der *Examiner* sprach höflich von »Möglichkeiten«. Nach drei Vorstellungen war Schluß.

Geboren am 7. Mai 1812 war Robert Browning als Kind ähnlich aufgeweckt, phantasievoll und lernbegierig wie Elizabeth Barrett, aber anders als Hope End war sein Elternhaus von einer unkonventionellen Leichtigkeit durchweht, an der es den meisten viktorianischen Haushalten deutlich mangelte. Robert Browning senior, ein freundlicher Exzentriker mit musischen Talenten, der eine zehn Jahre ältere

Frau geheiratet hatte und dem die Bank von England ein kommodes Leben sicherte, hegte eine tiefe Abneigung gegen jede Art von herrischem Gehabe. Er weigerte sich sogar, mit Robert über seine Erfahrungen als junger Mann auf Jamaika zu sprechen, und »erbleichte, wenn das Wort ›Blut‹ ausgesprochen wurde«.[21]

Sein »sträflich gutes Herz« und seine Ritterlichkeit gegen die Schwachen vermittelte er seinem Sohn. Dem erschienen die Familienverhältnisse im Hause Barrett, wo erwachsene Kinder wie »Leibeigene« behandelt wurden, monströs, und eine Woche vor der Hochzeit schrieb er an seine Liebste, wie verhaßt ihm »die widerwärtigen Grundsätze der Gatten, Väter, Brüder und aller übrigen Tyrannen dieser Welt« seien. Im 19. Jahrhundert gehörte Browning mit dieser Einstellung einer kleinen radikalen Minderheit an. Eine Freundin sollte später bemerken, er sei der einzige ihr bekannte Ehemann, der seine Frau wie einen Christenmenschen behandele.

Während Mr. Barrett in Hope End sein Töchterchen auf den Kaminsims stemmte und ihr befahl, wie ein Held strammzustehen, baute Browning Père für seinen Sohn die Belagerung Trojas mit Hilfe von aufeinandergestapelten Tischen und Stühlen nach und preßte die Katze – »poor puss« – in die Rolle der Helena. Er sang ihn mit Oden von Anacreon zur Melodie englischer Kinderlieder in den Schlaf und trichterte dem Dreijährigen Lehrstoff in Form von Knittelversen ein, die der Knabe um den Tisch marschierend laut deklamierte. Mit fünf schrieb Klein-Robert Gedichte im Stil des populären literarischen Falschmünzers Ossian, und nur unwesentlich später wurde er auf Antrag anderer Mütter von einer benachbarten Schule entfernt, weil seine Klassenkameraden aus dem Schatten des

Wunderkinds nicht mehr herausfanden. Die Leiden eines Internatsschülers blieben ihm erspart; der Vater stellte einen Hauslehrer für Italienisch, Französisch und Musik ein. Der Junge zeichnete und spielte Klavier, und bevor es ihm langweilig werden konnte, bekam er Unterricht im Reiten, Boxen und Fechten. In der Bibliothek seines Vaters las er, was er greifen konnte: Geschichte und Kunst, Biographien, Briefe und Tragödien, die *Ilias* und die *Göttliche Komödie* im Original, Enzyklopädien und Shelleys Gedichte. Als junger Poet ahmte er den Stil und die Gepflogenheiten des Meisters nach, durchlebte eine atheistische und vegetarische Phase, in der er nicht zur Kirche ging und nur Brot und Kartoffeln aß, bis ihm der Schädel schmerzte, die Buchstaben vor den Augen verschwammen und er zur Erleichterung seiner Mutter zur Sonntagmorgenandacht und zu einer ausgewogenen Diät zurückkehrte.

Von Brownings Mutter, Sarah Anna Wiedemann, einer praktischen, frommen Frau, wissen die Biographen sehr viel weniger als von seinem Vater. Sie war eine begabte Pianistin und Gärtnerin, die dem Sohn ihre Liebe zur Musik, zur Natur und zu allerlei Getier und Kleinstgeflügel vererbte, das durch seine Gedichte flattert und flitzt. Offenbar sah sie klaglos zu, wie er später zweimal in der Woche ihre Rosen in die Wimpole Street trug. Bevor Robert Browning seine ganze Kraft in die Eroberung von Miss Barrett steckte, leisteten sich Mutter und Sohn gern im Garten Gesellschaft, sie mit der Schere, er mit dem Stift. Oder er wanderte von der Vorstadt Camberwell in die Hügel von Surrey, ging in London auf Gesellschaften, tanzte gut und ausdauernd und kehrte erst heim, wenn die erste Amsel zu flöten begann.

Browning war ein erstaunlicher junger Mann mit vielen Talenten und Fähigkeiten, aber offenbar wußte er lange nicht, wohin er die Karotte hängen sollte, der nachzulaufen sich lohnte. Es kostete ihn »manche gute Schlacht« mit seinen Eltern, bis er sie überzeugt hatte, daß er als Dichter ein Leben »in vollständiger Unabhängigkeit« führen müsse, auch wenn der Erfolg auf sich warten ließe. Er hatte sich auf der neuen University of London als Medizinstudent eingeschrieben, die Sache aber bald verworfen, danach auch die Jurisprudenz abgelehnt und einen adeligen Herrn auf dessen Rußlandreise als Privatsekretär begleitet. Nach ersten Mißerfolgen als Dichter und Dramatiker unternahm er ausgedehnte Bildungsreisen nach Italien, Frankreich, Deutschland und die Niederlande und liebäugelte eine Weile mit dem diplomatischen Dienst.

Seine Gewißheit, daß er jede Unterstützung verdiene, mußte – auch gegen die eigenen Zweifel – hart erworben werden, und nicht alle Zeitgenossen fanden den jungen Mann angenehm. Er konnte ein mitfühlender Freund sein, ein fleißiger Plauderer, aber auch ein selbstgerecht aufbrausender Kerl, süchtig nach Applaus und erbittert, daß das lesende Publikum ihm nicht genug davon spendete. Den Rezensenten blieb er unbegreiflich, ins mystische Dunkel seiner Verse gehüllt. Sie wähnten, er führe sie absichtlich hinters Licht, und die Empfindungen seiner poetischen Helden klangen in ihren Ohren geborgt.

Unbeeindruckt veröffentlicht der junge Autor einen Band nach dem anderen in billigen kleinen Editionen unter dem Serientitel *Bells and Pomegranates*[22], die auch Elizabeth Barrett erreichen. Seine Gedichte erscheinen ihr nur ein klein wenig rätselhaft und überaus originell. In ihren *Poems* macht sie ihm dafür ein Kompliment, wie er es noch von keinem aus seiner Zunft erhalten hatte: Sie stellt ihn in eine

Reihe mit den großen zeitgenössischen Dichtern. *Lady Geraldine's Courtship*, das Mr. Kenyon Robert Browning im Januar 1845 zur Kenntnis bringt, ist der Wink, auf den das Schicksal offenbar gewartet hat, um die beiden zusammenzuführen. In dieser Ballade liest der Dichter Bertram seiner geliebten Lady Verse von Wordsworth und Tennyson vor, und »von Browning einen ›Granatapfel‹, der, tief eingeschnitten, / in seiner Mitte ein Herz zeigt, dessen Adern vom Blut der Menschheit gefärbt sind«.

»Was meinen Sie«, fragt Browning Mr. Kenyon, »wenn ich ihr darauf antwortete ...?« »Nun, unter diesen Umständen«, erwidert der, »denke ich, daß Miss Barrett hoch erfreut wäre.«

VI

»Ich liebe Ihre Verse von ganzem Herzen, liebe Miss Barrett. [...] Seit dem Tag der vorigen Woche, an dem ich Ihre Gedichte zum ersten Mal gelesen habe, [...] ist sie in mich gegangen, ist sie ein Teil von mir geworden, diese Ihre große, lebendige Poesie [...] die frische, seltsame Musik, die Ihnen zuströmende Sprache, das feine Pathos und die wahren, neuen, kühnen Gedanken. [...] Ich liebe, wie ich schon sagte, diese Bücher von ganzem Herzen – und ich liebe auch Sie.«[23] Ohne sich weiter zu erklären, fährt Browning fort, von der verpaßten Gelegenheit zu schreiben, als Mr. Kenyon ihn im Hause Barrett einführen wollte. »Sie waren zu krank – und jetzt ist es Jahre her – und mir kommt es wie ein widriges Ereignis auf meinen Reisen vor, als sei ich schon so nahe gewesen! Als hätte ich vor einem Weltwunder, einer Kapelle oder Krypta, gestanden – nur ein Vorhang war beiseite zu ziehen, und ich hätte eintreten können, [...] doch die angelehnte Tür schloß sich, und ich ging nach Hause, Tausende von Meilen zurück, und der Anblick sollte mir niemals gewährt werden!«

Von diesem Brief wird Miss Barrett ganz sonderbar. Ja, sie sei reinweg in Extase geraten, schreibt sie mit einem Zwinkern an eine Freundin; ein Brief! Von Browning! Dem Dichter, »dem Autor des *Paracelsus* und König aller Mystiker!«[24] Darüber muß sie eine Nacht schlafen. »Ich danke Ihnen vom Grunde meines Herzens, lieber Mr. Browning«, erwidert sie ihm am 11. Januar. »Ein solcher Brief von solcher Hand! Sympathie ist mir teuer – sehr teuer: aber die Sympathie eines solchen Dichters ist die Quintessenz der Sympathie für mich.« Sie übergeht sein unziemliches Geständnis, aber sie lädt ihn ein, die Korrespondenz fortzusetzen. Bitte lesen Sie meine Poesie kritisch, bittet sie, wenn es Ihnen nicht lästig ist, »und nennen Sie mir solche Fehler, die an die Oberfläche dringen und Ihnen als wesentlich auffallen. [...] Ich posiere nicht auf ungewöhnliche Demut unter der Kritik, und es ist durchaus möglich, daß ich auch der Ihren nicht unbedingt gehorchen werde.« Das Bild von der Krypta läßt sie ihm ihrerseits nicht durchgehen. »Gut möglich, daß Sie sich kalte Füße oder einen Schnupfen geholt hätten.« Und was die verpaßte Gelegenheit betrifft: »Der Winter schließt mich ein wie er die Augen der Siebenschläfer zudrückt; aber wir werden sehen: vielleicht im Frühling ...« Die Tür öffnet sich einen Spalt.

Robert Browning, der noch keine Frau getroffen hat, die ihn als empfindendes, sexuelles und intellektuelles Wesen hinreichend interessiert hätte, fühlt sich unwiderstehlich zu der unsichtbaren Miss Barrett hingezogen, die so zerbrechlich, so traurig und so berühmt ist, und von der er annehmen muß, daß sie unheilbar krank ist. Als Dichterin ist sie sein genaues Gegenteil, und, wie er glaubt, ist ihre Kunst die bessere, denn sie versetze sich in das Seelenleben ihrer Figuren. »Ihre Poesie kann mir nur unendlich viel mehr sein, als Ihnen die meine – denn Sie tun, was ich immer zu tun wünschte [...] Sie sprechen, Sie selbst – ich lasse immer nur Männer und Frauen reden. – Ich gebe Ihnen in prismatische Farben gebrochene Wahrheit und fürchte das reine, weiße Licht, selbst wenn es in mir ist.«[25]

Mit der Gleichsetzung von Barretts Kunst und ihrer Befindlichkeit steuert Browning sein Papierschiffchen indes auf eine gefährliche Klippe zu, an der es zu kentern droht, ehe der Hafen auch nur in Sicht kommt. Elizabeth, die ihre Dichtung als »die Blume von mir« empfindet, »die alle meine

Farben hat; was ich sonst bin, ist nichts als die Wurzel, die in den Erdboden und ins Dunkel gehört«, glaubt in diesem ausgehenden Winter 1845, daß der Kollege einer Selbsttäuschung aufgesessen sei und mit seinen Beteuerungen nicht sie meine, sondern ein Phantasiebild, das er sich von der Urheberin des reinen weißen Lichts, dem Weltwunder, der tragischen Gestalt in der Krypta gemacht habe, oder schlimmer noch, daß er nur aus Menschenfreundlichkeit mit ihr korrespondiere.

Aber Browning ist kaum noch zu bremsen. Hat sie nicht versprochen, ihn zu empfangen, wenn die Last des Winters von den Lidern des Siebenschläfers gewichen ist? Ende Februar drängt er: »Wirklich, warmer Frühling, liebe Miss Barrett, und die Vögel wissen es; und im Frühling werde ich Sie sehen, werde ich Sie sicher sehen – denn wann hätte ich einmal nicht bekommen, worauf ich mein Herz gesetzt hatte.«[26]

Doch so schnell geht es nicht in der Wimpole Street. Der Ton zwischen den beiden wird zwar freimütig und freundschaftlich: »Nur, bitte keinen Zwang, keine Zeremonie«, schreibt sie ihm. »Bitte seien Sie nicht höflich gegen mich, wenn Sie unhöflich sein möchten – und reden Sie nicht, wenn Sie schweigen möchten – und geben Sie nicht äußerlich nach, wenn Sie innerlich widerspenstig sind. [...] Lassen wir doch alle Verbeugungen und Knickse beiseite, Sie und ich. Sie werden im großen und ganzen einen ehrlichen Menschen in mir finden, wenn er auch etwas hastig ist und schnell aburteilt.« Vor der versprochenen Begegnung scheut Elizabeth Barrett indes zurück. Sie ist sechs Jahre älter als dieser ungestüme, junge Mann, sie ist krank und süchtig – »Der Schlaf kommt nur unter der roten Kappe des Mohns zu mir« –, und sie sieht aus, wie eine Frau nach einem im

Winter verbrachten überheizten, ungelüfteten Zimmer aussieht.

»Ja, aber, lieber Mr. Browning, ich wünsche den Frühling nach dem ›neuen Stil‹ (meinem) und nicht nach dem alten, Ihrem und dem der übrigen Dichter. [...] Ein wenig später kommt mein Frühling; und nach so strengem Wetter, dem ich kaum mit dem Leben entgangen bin, muß ich noch dankbar sein, wenn er überhaupt kommt. [...] Ist es wahr, daß alle Ihre Wünsche sich erfüllen? Und wenn ja, sind sie Ihrem Gaumen nicht bitter – wünschen Sie sie nicht unerfüllt? Oh, dieses Leben, dieses Leben! Es gibt Trost darin, sagt man, und ich glaube es fast – aber der hellste Platz im Haus ist vor dem Fenster, wenn ich mich hinauslehne.«[27]

Er ist sofort und auf das reizendste um ihre Gesundheit besorgt: Der bitterkalte Ostwind! Kein Wunder! »Wenn Sie mir schreiben, schieben Sie immer eine kleine offizielle Bulletin-Zeile ein, die mir sagt: ›es geht mir besser‹ oder ›noch besser‹, ja? [...] Und bitte, lehnen Sie sich nicht ›zum Fenster hinaus‹, solange mein Fuß erst auf der Treppe ist; warten Sie ein wenig auf den Ihren für immer Robert Browning.«[28]

So nahe ist er schon? Nachdem sie in den vergangenen Wochen viel Tinte verbraucht haben, um sich gegenseitig der Wertschätzung ihrer Gedichte zu versichern und sich selbst als deren Verfasser herabzusetzen, ist die Zeit gekommen, daß sie ihm endlich ihre Lage erklärt: »Ich werde Sie sehen, wenn das warme Wetter mich wieder ein wenig belebt hat. [...] Aber ich werde mich anfangs vor Ihnen fürchten, obgleich ich es jetzt, da ich schreibe, nicht tue. Sie sind Paracelsus, und ich bin eine Einsiedlerin mit Nerven, die auf der Folter gebrochen wurden und jetzt lose herabhängen – und bei jedem Schritt und Atemzug beben. [...]

Sie scheinen vom vollen Becher des Lebens getrunken zu haben, als er im Glanz der Sonne stand. Ich habe nur innerlich gelebt oder mit Trauer als einer einzigen starken Empfindung. Bevor mich diese Krankheit vom Leben getrennt hat, war ich bereits abgesondert, und es gibt nicht viele junge Frauen auf der Welt, die weniger gesehen, weniger gehört, weniger von der menschlichen Gesellschaft erfahren haben, als ich, die ich jetzt kaum noch jung genannt werden kann.

Ich bin auf dem Lande aufgewachsen – ich hatte keinen gesellschaftlichen Umgang, mein Herz lebte in Büchern und Gedichten und meine Erfahrung in Träumereien. [...] Es war ein einsames Leben, grün wie das Gras ringsum. [...] Und so verrann die Zeit unaufhaltsam, und später, als ich krank wurde und es für lange Zeit den Anschein hatte, als stünde ich am Rand der Welt, alles sei abgetan und es gäbe keine Aussicht, daß ich je wieder über die Schwelle des Zimmers träte – damals dachte ich mit Bitterkeit, [...] daß ich blind in diesem Tempel gestanden hatte, den zu verlassen ich mich anschickte – daß ich nichts von der menschlichen Natur gesehen hatte, [...] daß ich keinen großen Berg oder Fluß gesehen hatte, eigentlich gar nichts. [...]

Ich habe viel vom inneren Leben gehabt, und durch die Gewohnheit der Selbstbetrachtung und Selbstanalyse habe ich umfangreiche Vermutungen über die menschliche Natur im allgemeinen angestellt. Aber wie bereitwillig würde ich als Dichterin etwas von diesem sperrigen, massigen, nutzlosen Buchwissen gegen ein paar Erfahrungen des Lebens und der Menschen eintauschen, wenigstens ein paar ... Mir ist, als lebte ich nur, wenn ich schreibe. Für mich bedeutet es das Leben.«[29]

Browning werde kein Quentchen Vergnügen oder Gewinn davontragen, wenn er sie anders als auf dem Papier kennenlerne, baut sie vor. »Es ist nichts an mir zu sehen, noch von mir zu hören – anders als Sie in der Londoner Gesellschaft, habe ich nie gelernt zu plaudern. [...] Ich schäme mich, soviel Aufhebens von etwas zu machen, das es nicht wert ist. Sie sind einfach überschwenglich, wenn Sie sich soviel aus meiner Erlaubnis machen, die Ihnen nachher nichts bedeuten wird. Nicht etwa, als ob es mich nicht rührte, daß Sie sich überhaupt etwas daraus machen! Es rührt mich tief. Kommen Sie also.«[30]

Am Dienstag, den 20. Mai 1845 um kurz nach drei Uhr, steht Mr. Browning vor der Wimpole Street Nr. 50, in tailliertem Gehrock, mit Zylinder, gestärkter Halsbinde, parfümiertem Bart, gelben Handschuhen und Spazierstock – und betätigt den Messingklopfer. Schwester Arabel öffnet ihm.

Die Wimpole Street, eine Parallelstraße zwischen der lauten Marylebone High Street und der distinguierten Harley Street, besteht noch heute aus zwei Zeilen stattlicher georgianischer Häuser mit hohen Schiebefenstern, glänzenden schwarzen Eingangstüren und Staketenzäunen, die den Souterraineingang vom Gehsteig trennen. »Vielleicht läutet noch heute niemand ohne Zaudern an einer Haustür in der Wimpole Street«, schreibt Virginia Woolf. »Es ist die erlauchteste der Londoner Straßen, die unpersönlichste«,[31] mit ihren festgefügten, gleichförmigen Abläufen der Macht und Selbstzufriedenheit.

Nr. 50 wurde vor hundert Jahren abgerissen, aber seine Fassade glich der seiner Nachbarn und das Interieur vermutlich auch: rote Teppiche, dunkle Bilder, Samtvorhänge, Ottomanen, reichgedrechselte Möbel, getrocknete Blumen und ausgestopfte Tiere unter Glasstürzen. Vielleicht gab es in Mr. Barretts Salon auch noch das eine oder andere orientalische Sammelstück, das er aus Hope End mitgebracht hatte.

In den hinteren Räumlichkeiten des Erdgeschosses herrschten zwei furchterregende Köter, Catalina, ein »kubanischer« Bluthund, und der Mastiff Resolut – passende Genossen im Haushalt eines Sklavenhalters. Wenn sich die Gelegenheit ergab, fielen sie gern über den armen Flush her und mußten von Hausknecht und Butler mit Tritten und Würgegriffen von ihrem Opfer getrennt werden.

Der Gast wird von Arabel sicher an Catalina & Resolut vorbeigeleitet und drei Treppen hinaufgeführt. Sie klopft und öffnet die Doppeltür: »Mr. Browning!« Es ist Mai; Miss Barrett hat ihr schwarzes Samt- gegen ihr schwarzes Seidenkleid getauscht, und das Krankenzimmer war einem Frühjahrsputz unterzogen worden. Obwohl es ein kühler Tag ist, steht vielleicht sogar das Fenster offen. Aber die Tressen des Efeus vor dem Fenster und die aufschießenden Ranken der Kapuzinerkresse im Blumenkasten tauchen das Innere in ein grünes Aquariumlicht. Bevor der Besuch eingetroffen ist, hat Miss Barrett in einem Anfall von Schüchternheit Brownings Porträt, das dort in einer Galerie mit anderen viktorianischen Geistesgrößen hing, entfernen lassen, und, um der Fairneß Genüge zu tun, das von Alfred Tennyson ebenfalls.

Brownings Status als Gentleman und Literat erlaubt offenbar, daß er und Miss Barrett unter sich bleiben. Mr. Barrett geht vor drei Uhr aus dem Haus, ihre etwas dickfelligen Brüder, die sie »herzlich auslachten«, als sie die Dichterporträts von der Wand nehmen ließ, sieht sie nur in den Morgenstunden, und »da Sie einen guten Ruf genießen und in Blankversen sprechen, wird es vermutlich kein unziemliches Hinein- und Herausgerenne geben, wenn man Sie im Zimmer weiß«, kündigt sie ihm an.

Damit entfällt auch die übliche Anstandsregel, daß bei einer unverheirateten Dame zumindest eine Schwester die Stellung zu halten hat, und so bleibt es auch während der kommenden neunzig Besuche, die Browning auf die Minute genau registriert. Was er nicht aufschreibt, sind ihre Gespräche. Nachdem Arabel ihn im Lehnstuhl gegenüber dem Sofa hat Platz nehmen sehen und Flush einmal den Kopf gehoben hat, schließt sich die Tür. Vermutlich verläuft das Gespräch nicht ganz so ungezwungen wie verabredet. Sie hat ihm bei der Begrüßung ins Gesicht geblickt und dann seine Augen gemieden. Am folgenden Mittwoch (die Post war damals ungleich schneller und lieferte zweimal am Tag aus) würde es darum gehen, ob er zu laut gesprochen habe, zu lange geblieben sei, wer Freundlichkeit gespendet und empfangen habe und ob er am nächsten Dienstag wiederkommen dürfe. Um halb fünf verabschiedet er sich.

Mit welchen Gefühlen er nach Hause geht? Vollkommen verzaubert und seiner Sache sicher. Und sie? Noch immer von seinem Eifer gerührt, aber keinesfalls auf das Geschoß vorbereitet, das sie mit Poststempel vom 22. Mai treffen sollte. Andernfalls hätte sie ihrem Vater nicht am nächsten Tag anvertraut: »Wie eigenartig, daß ich dauernd an Mr. Browning denken muß – es kommt vielleicht daher, daß ich nicht an Fremde gewöhnt bin, aber er verfolgt mich geradezu; es ist die reinste Plage.«

Und Mr. Barrett erwidert harmlos: »So von deinem neuen Bekannten zu sprechen ist nicht gerade sehr liebenswürdig.«

VII

Der Brief, den Robert Browning drei Tage nach ihrem ersten Treffen an Elizabeth Barrett schreibt, ist der einzige von den 574, die sie miteinander wechselten, der im Feuer landete – in seinem Kamin; nicht in ihrem. Sie schickt ihm die Seiten postwendend zurück: Vernichten Sie das! Als sie ein halbes Jahr später um den Brief bittet, »der eigentlich mir gehört«, ist es zu spät. Er hat ihn verbrannt.

Was war in ihn gefahren? »Sie wissen nicht, welchen Schmerz Sie mir bereiten, wenn Sie so wild reden. [...] Sie haben leidenschaftliche Dinge gesagt – Hirngespinste, die Sie weder wiederholen noch widerrufen werden, sondern sogleich und für immer vergessen, daß Sie sie überhaupt gesagt haben. [...] Das werden Sie um meinetwillen tun, die ich Ihre Freundin bin (Sie haben keine aufrichtigere) – und ich bitte um dies, weil es eine für die zukünftige Freiheit des Umgangs notwendige Bedingung ist. [...] Wenn Sie aber eine Antwort hierauf versuchen, oder auf den Gegenstand zurückkommen sollten, so darf ich – so will ich Sie nie wiedersehen, und Sie werden mir später in Ihrem Herzen recht geben.« Tapfere Worte, und am Ende doch die Angst, ihn verscheucht zu haben. »Sie werden hoffentlich nicht ungehalten mit mir sein?«

Browning, dem diese Antwort »einen gehörigen Schreck« einjagt, konnte sich offenbar nicht vorstellen, was das Geständnis seiner Liebe in einer Frau von 38 Jahren auslösen würde, die sich zu einem völlig verantwortungs- und ereignislosen Leben entschlossen hat, die zittert, wenn ein fremder Schritt auf der Treppe zu hören ist, und die mit Außenstehenden nur in Briefen freimütig sein kann.

Solange sie als Freunde korrespondieren, fällt es leicht, über jedes Thema unter der Sonne zu schreiben; es ist ein Spiel ohne Risiko. Auch daß Browning als Poet ihre Gedichte liebt, versteht sie. Daß er sie als Frau begehrt, hält sie hingegen für einen Wahn, den er bald als solchen durchschauen werde, um dann Abstand von ihr zu gewinnen und einen »aufrichtigen« Brief zu schreiben, der alle Türen zwischen ihnen zuschlagen werde.

Browning, weit davon entfernt, sich in Wahnvorstellungen zu verrennen, rettet sich und sein Besuchsrecht mit einem Trick, indem er ihr unterstellt, sie habe ihn mißverstanden. Da er sich ihr als Dichter unterlegen fühle, sei er zu ihr gekommen, um sie zu bewundern und nicht um sie zu drängen, seine Gefühle zu erwidern. Ob sie nicht seine gespaltene Persönlichkeit erkannt habe? »Vulkane stellen auf meiner inneren Landkarte nur armselige Flecken dar, und auf jeden Vesuv oder Stromboli kommen ungeheure Eisschichten und Gruben voll schwarzen, kalten Wassers. Ich mache das Beste aus meinen zwei, drei vulkanischen Feueraugen, weil ich aus Erfahrung weiß, daß sie zum Verlöschen neigen – und das Eis wächst und wächst ...« Er bedauere sein unbedachtes Schreiben, fährt er fort, aber sie dürfe sicher sein, daß der unwillkommene Ausbruch unter Kontrolle sei. Am Dienstag der kommenden Woche werde sie denselben ruhigen, milden Gentleman vorfinden, den sie zuvor empfangen habe.

Aber was einmal in die Welt gesetzt wurde, kann nicht so einfach wieder verschwinden. Wie könnte sie das Bild von den Feueraugen unter dem Eispanzer vergessen? Während er seine Besuche aufnimmt und Briefe nun fast täglich gewechselt werden, ist beiden bewußt, daß sich das Gefühl, das sie nach Kräften zu verleugnen entschlossen sind, vertieft. Wenn er kommt, ist die Verlegenheit groß. Sie schaut überall hin, nur nicht in sein Gesicht. Und wenn er von Dinnergesellschaften und Partys schreibt, deren er überdrüssig sei, auch von Kopfschmerzen, gegen die er sich durchtanzte Nächte, lange Spaziergänge und kalte Duschen verordnet habe, fragt sie sich, wie lange ein so lebenszugewandter junger Mann von einer invaliden Person wie ihr gefesselt sein könne.

Aber sie ist ja gar nicht gelähmt! Bisher hatte er von Elizabeth Barrett immer nur gehört, daß sie nicht auf ihren Füßen stehen könne und »an einer unheilbaren Erkrankung der Wirbelsäule« litte; ein Pflegefall, der, wie es einem gesunden Mann von 32 Jahren unvermeidlich in den Sinn kommt, nicht in der Lage wäre, das Bett mit ihm zu teilen. Nun entdeckt er, daß sie ihre Beine bewegen kann, und er drängt sie zärtlich, aufzustehen. Sie gehorcht, zunächst mit schweren Bedenken gegen Zugluft und Feuchtigkeit, dann immer zuversichtlicher, vom Sofa zum Fenster, vom Fenster zum Bücherregal, die Treppe hinunter und schließlich auf die Straße, allein, nur von Flush begleitet in »glorreicher Unabhängigkeit«. Sie ist tatsächlich aus dem Haus gegangen – »und noch am Leben!«

Welcher Zugewinn! Eigenhändig einen Brief zur Post um die Ecke zu bringen (siebzig Schritte)! Hodgsons Buchladen zu erreichen, wo schon ein Stuhl für sie bereitsteht! Seit vielen Jahren wieder einmal zu sehen, wie abends die Gaslichter in den Geschäften aufleuchten! An einem Junitag in den Hyde Park auszufahren, Flush auf dem Schoß, der seinen Kopf aus dem Fenster streckt. Ein Windhauch kräuselt das Wasser der Serpentine. Ein Windhauch! Das Leben! Sie wird noch kühner. Als der Birmingham-Express in London über eine Brücke donnert, steigt sie aus Mr. Kenyons Kutsche und spürt Regentropfen auf dem Gesicht. »Daß es wieder einmal auf mich regnet! Wie angenehm!«

Von den meisten dieser Ausflüge wird sie gleichwohl »in einer Weise durchgeschüttelt, wie mein Herz es sich nicht vorstellen und mein Körper kaum ertragen konnte. Dennoch fühle ich, wie schnell meine Kräfte wiederkehren, und ich träume davon, den Botanischen Garten zu erreichen. [...] Im Augenblick kann ich so gut wie jedes zweijährige Kind laufen.« Ein Ausflug in den Regent's Park, bei dem sie aus dem Wagen steigt und im grünen Schatten der Bäume die Füße ins Gras stellt, füllt mehrere Seiten. Im Sichtschutz von Arabels umfangreichen Röcken pflückt sie einen Zweig Goldregen und steckt ihn mit in den Briefumschlag.

»Bitte, bitte! Verlieren Sie keinen Sonnentag und keine Gunst der Stunde, aber bitte überraschen Sie mich nicht eines Tages, indem Sie mir entgegentreten, wenn man mich ankündigt, oder ich werde Sie unvermeidlich, trotz der nachfolgenden Reue und aller Bitten um Entschuldigung ...«[32] – in den Arm nehmen, möchte er wohl schreiben. Der Satz bleibt unvollendet, wird gleichwohl als solcher abgeschickt.

In diesem Sommer schaut Miss Barrett mit wachsendem Selbstbewußtsein in den Spiegel, und sie läßt einen zweiten Sessel ins Zimmer stellen. Flush, der sich sonst auf dem Sofa zu ihren Füßen bettete, ist »konsterniert und niedergeschlagen«, wird aber nicht gefragt. Nun sitzt sie endlich mit Browning auf Augenhöhe. Und sie blicken sich an.

In ihre Gespräche beginnt sich ein Ton einzuschleichen, »der zu leicht war, um kommentiert und analysiert, und zu deutlich, um nicht verstanden zu werden«. Merklich vertrauter werden auch ihre Abschiedsgrüße. Elizabeth: »Gott segne Sie, mein lieber Freund, immer mein lieber Freund.« Robert: »Gott segne Sie, meine liebste, beste Freundin –

denken Sie daran, was ich Ihnen sagen könnte.« Elizabeth: »Möge Gott Sie unaussprechlich segnen.« Robert: »Möge Gott Sie segnen und mich Ihre Hand halten lassen bis zum Ende.« So geht das einige Wochen, in denen sie ihm versichert, er werde ihrer bald überdrüssig sein, und er ihr, daß dies niemals geschehen werde. Doch dann:

»Lassen Sie es mich jetzt und *nur einmal* sagen – daß ich Sie von ganzer Seele liebe und Ihnen mein Leben geben würde, so viel Sie davon nehmen wollten«, schreibt er ihr Ende August und wartet zwischen Hoffen und Bangen auf ihre Antwort. Ihr promptes »Sie verschwenden Ihre besten Gefühle. [...] Sie müssen Ihre Gedanken sofort in eine andere Richtung lenken«,[33] bedeutet immerhin nicht den Abbruch der Beziehungen. Elizabeth beginnt zu verstehen, daß seine Liebe nicht einem überkandidelten Poetenhirn entspringt, sondern ihr als Frau gilt. Und sie gesteht sich ein, daß sie diese Liebe erwidert. Als sie Browning im August 1845 von ihrer traumatischen Lebenswende, dem Tod ihres Bruders Edward, erzählt, fühlt er, daß eine weitere Schranke zwischen ihnen gefallen ist.

Beim nächsten Besuch bringt er ihr sein noch unvollendetes Gedicht *Saul* mit, in dem der in tiefe Schwermut gefallene biblische König nach dem Hirtenjungen David schickt, damit er ihn mit seinem Harfenspiel aufheitere. Davids zaub'risches Lied, das sonst die Tiere betört, das die Schafe in die Hürde lockt, den Grillen Beine macht, die Wachtelhenne von der Seite des Wachtelhahns reißt, und dem selbst die muntere Wüstenspringmaus gern Folge leistet, weckt den König aus seiner Starre. Und nun zieht der junge Sänger alle Register und tönt von den »wilden Freuden des Lebens«: die Hatz durch den Wald, das Bad im kalten Bach, die köstlichen goldbestäubten, saftigen Datteln, der große Schluck Wein ... Nicht nur Miss Barrett, die Trost und Ermutigung aus diesen Zeilen liest, ist fasziniert. Brownings Gedichte haben einen mitreißenden Klang, Schwung und Humor, die ein Jahrhundert überdauert haben. Er mochte noch keine Wüstenspringmaus vor ihrem sandigen Haus gesehen haben, aber seine Bilder sind von dieser Welt und nicht aus einem Schlafzimmer in der Wimpole Street.

In diesem Sommer beginnen beide, sich nach ein wenig mehr Freiheit im Umgang und den nicht ganz so zahmen Freuden des Lebens zu sehnen. Im September 1845 droht Miss Barrett allerdings, wieder in ihrer zugeklebten Gruft zu verschwinden. Dr. Chambers hält es für geboten, daß sie in den Süden reist. Er macht auch Mr. Barrett dringlich klar, seine Tochter werde einen weiteren Winter in London nicht überleben. (Trotz der Diagnose: Elizabeth hat ihn dort überlebt.) Sie hört »ein Gerede« zwischen ihrem Vater und einer Tante, in dem es darum geht, »mich im Winter wegzuschicken; entweder nach Alexandria oder Malta – wohin auch immer, ich werde auf keinen Fall groß gefragt werden.« Aber reisen soll sie. »Ich bin mir und anderen eine Last«, schreibt sie an eine Freundin. »Doch nun gibt es ein Mittel, dem Übel zu entrinnen, und Gott hat die Tore des Fluchtwegs weit und sichtbar für mich aufgestoßen.«

Schließlich fällt die Wahl auf Pisa. Zwei Geschwister würden sie begleiten, ihr Bruder Charles John – »Stormie«, den sein Stottern schüchtern und linkisch gemacht hat, der aber »das freundlichste Herz besitzt« –, und Arabel, die ernsthaftere ihrer beiden Schwestern (»Henrietta hat es mit dem Polkatanzen, Arabel mit den Predigten.«). Mr. Brownings Wege würden ihn, wie es der Zufall will, ebenfalls nach Pisa führen. Hundert Pfund reichten, um ihn durch den Winter zu bringen, schreibt er, und er würde jede Art von Auftragsarbeit annehmen, einen Roman, ein Theaterstück, Zeitungsartikel – alles!

Er weiß, daß sie ihn jetzt nicht mehr zurückweisen wird. »Wenn ich mein Leben mit Ihnen teilte, würde mich das außerordentlich glücklich machen. [...] Mein ganzes Werben um Sie ist in diesem Sinne eigensüchtig.«[34] (Damit Sie ihm nicht wieder Mitleid vorwerfen kann.) Und Elizabeth erwidert: »Weder jetzt noch irgendwann zuvor habe ich für einen Mann gefühlt, was ich für Sie fühle.«

Dennoch gibt es unüberwindbare Hindernisse: Mr. Barrett wird ihrer Verbindung niemals zustimmen. »Und wenn ein Prinz aus Eldorado mit einem Stammbaum höchsten Adels vom Mond in der einen Hand und dem Führungszeugnis einer Freien Christengemeinde in der anderen hier auftauchte ...«, scherzt Elizabeth mit Arabel. »Und wenn schon«, erwidert die, »wäre es doch vergeblich.«

Im Gegensatz zu Elizabeth und dem Hausarzt, sieht Barrett Père in der Krankheit seiner Tochter einen guten Teil Hysterie. »Dr. Chambers Aufgabe sei es, närrische Frauenzimmer mit ihren Launen zu versöhnen«, meint er. Gleichwohl unternimmt er nichts, um Elizabeth zum Verlassen ihres Lagers zu ermutigen. Eine Reise nach Pisa erscheint ihm jedenfalls vollkommen überflüssig. Er spricht es nicht aus, aber er läßt seiner Tochter das bewährte Schweigen angedeihen »Er wollte mir nicht einmal den Trost gewähren, daß ich *ihm* opferte, was ich für gut hielt. Ich sagte ihm, daß ich fest damit rechnete, meine Gesundheit werde sich auf dieser Reise bessern, aber daß ich aus Liebe zu ihm bereit wäre, auf sie zu verzichten, wenn es ihm so gefiele und er es von mir verlange – nur daß es für mich auch in Zukunft nötig sei zu verstehen, daß *er* das Opfer fordere und ich es *ihm* brächte, und nicht daß es blind und aus einem Mißverständnis heraus fortgeworfen würde. Darauf wollte er sich nicht einlassen. Ich könne tun, was mir beliebe, sagte er, *er* würde nichts dazu sagen, und für sein Teil sei er fertig mit mir.« Sie hat die Stirn, eine Erklärung zu erbitten. Ob er über sie verärgert sei. Denn wenn »seine Verärgerung auf der Türschwelle läge, wäre es mir unmöglich darüber hinwegzuschreiten«. Daraufhin beklagt sich Mr. Barrett über die allgemeine »Pflichtvergessenheit und Rebellion«. Ob er von ihr spreche? Er spreche von allen im Haus.

Das ist das Ende ihres Pisa-Projekts. Sie streicht alle Vorbereitungen. »Was denken Sie«, fragt sie Browning. »Habe ich richtig gehandelt? Sagen Sie es mir.«

»Sie fragen mich, ob Sie dieser Unvernunft gehorchen sollen?« erwidert er aufgebracht. »Ich will es Ihnen sagen. Jede Art von passivem Gehorsam und stillschweigender Unterwerfung des Willens und des Intellekts ist, recht bedacht, eine viel zu einfache Lösung, als daß Gott sie dem Menschen in den Prüfungen seines Lebens vorgeschrieben hätte.«

Doch Elizabeths Verzicht auf die Reise genügt Mr. Barrett nicht. Er stellt seine Besuche in ihrem Zimmer und das gemeinsame Nachtgebet ein. Weiter hätte er sie nicht von sich weisen können, schreibt sie, und »die bitterste ›Tatsache‹ von allen ist, daß ich bisher glaubte, Papa liebe mich mehr als er offenbar tut«.[35] Es ist der erste Riß in ihrer Beziehung. Von nun an sollte die gehorsame Tochter ihre Kandare nicht mehr so leicht tragen.

Browning, der sich bisher allzu starker Worte gegen »den armen Papa« klug enthalten hatte, spricht es nun aus: »Sie leben in einem Zustand, den ich die schlimmste Sklaverei nenne – und ich, der ich Sie daraus befreien könnte, bin hier und wage kaum zu schreiben.« Aber dann wagt er es doch, und weil nicht darüber gesprochen werden kann, wie viel an körperlicher Liebe sie, die »Invalidin«, von ihm wirklich nehmen und wie viel sie ihm geben will, versteigt er sich zu einer außerordentlichen Selbstverleugnung: »Wenn ich schon einmal träume, lassen Sie mich weiterträumen. Ich würde Sie sofort heiraten und folglich – ich würde kommen, wenn Sie mich ließen und gehen, wenn sie mich hießen – ich wäre Ihnen nicht mehr als ein Bruder – *›nicht mehr‹* – das heißt, wenn der Kopf Sie schmerzte, wäre ich an Ihrer Seite.«

Seine Worte hätten sie glücklich gemacht, erwidert sie, und nach den bitteren Tränen über den Vater fließen die Freudentränen. »Sie haben mich tiefer gerührt, als ich glaubte, daß selbst Sie mich rühren können. [...] Von nun an bin ich die Ihre in allen Dingen, außer jenen, die Ihnen schaden. Niemand außer Gott und Ihrem Willen sollen nun noch zwischen uns stehen – ich meine, sollte ER mich in absehbarer Zeit von diesen Ketten der Schwäche befreien, die ich mit mir schleppe, werde ich Ihnen sein, was immer Sie wählen, ob Freundin oder mehr als Freundin – in jedem Fall eine Freundin bis zum Ende. Es liegt nun in Gottes und in Ihrer Hand, aber in der Zwischenzeit sind sie vollkommen frei – ›ungefesselt‹ von keines Fadens Breite.«[36]

Frei sein, ist das letzte, was Browning wünscht. »Meine Liebste, die Meine!« erwidert er überwältigt. »Fürchte nicht, daß ich mich gefesselt fühle. Meine Krone liegt mir leicht auf dem Haupt – sie ist ja nicht dort festgenagelt – meine Perle ist in meiner Hand – wenn ich wollte, könnte ich sie zurück ins Meer werfen ...«[37]

Knapp zehn Jahre später wird Elizabeth ihrem Mann ein Manuskript mit 44 Sonetten in die Hand drücken, die sie in den Monaten nach ihrer geheimen Verlobung geschrieben hat. Es sind 44 Schritte von ihrer ersten Bewunderung des »erlauchten Sängers«, über Zweifel und Zagen, bis zur Erfüllung und einer Liebe über den Tod hinaus. Am Anfang aber steht der wundervolle Schock des Erwachens:

Da stand plötzlich jemand hinter mir und riß
aus diesem Weinen mich an meinem Haar.
Und eine Stimme rief, die furchtbar war:
›Rate, wer hält dich so?‹ – ›Der Tod gewiß.‹
›Die Liebe‹ – klang es wider, sanft und nah[38]

Im nächsten Brief spricht Robert sie mit ihrem Kosenamen an: Ba. Er wird sie niemals Elizabeth nennen.

Nenn mich, wie sie als Kind mich riefen: ja.
Wie war das selig: diesem Namen nah sein;
vom Blumensuchen ließ ich dann und sah
in einem Angesicht mein ganzes Dasein

zärtlich gespiegelt. Wie vermiß ich sie,
diese geliebten Stimmen, die mich nie
mehr rufen, mit den Himmeln sich verklärend
seit jenem Schweigen auf der Bahre, während

mir zufiel, Gott zu rufen. – Deinen Mund,
laß ihn den Erben sein der Abgelebten.
Nimm kleine Blumen zu den südlich reichen

und frühe Liebe in die späte, und
dann ruf mich so; ich werde mit dem gleichen
Herzen dir Antwort geben, dem durchbebten.[39]

VIII

Im gegenseitigen Einverständnis – lieben und geliebt werden – könnte zwischen Barrett und Browning der Weg nun frei sein. Doch Elizabeth, heimgesucht von Skrupeln und Gewissensbissen, kann sich zu keiner Tat durchringen. Noch immer gefangen in ihrer Abhängigkeit vom Vater, für immer unwert, glücklich zu sein, weil der Bruder gestorben war, und voller Angst, ihre sichere Höhle zu verlassen, hält sie Robert mit endlosen Ausflüchten und Rückschritten hin: Sie ist krank; sie wird ihm zur Last fallen. Sie wird sein schlechter Stern sein und ihm schaden, so wie sie Bro geschadet hatte, als sie ihn überredete, bei ihr zu bleiben. »Manchmal habe ich gedacht, in diesem Winter könnte ich willig sterben – jetzt – bevor ich Dich enttäuschen kann.«[40] Sollten sie nicht noch einmal über alles nachdenken?

»Nachdenken!« bricht es aus ihm heraus, »bring um Gottes Willen kein Element von Unsicherheit und Ruhelosigkeit und Unzufriedenheit in das Gefühl, auf dem *mein* Leben gründet. Ich spreche nur von mir: Diese Angelegenheit ist beschlossen, fertig – ich bin Dein, Du bist mein, also wollen wir uns jetzt nicht in Spitzfindigkeiten ergehen.«

Roberts Bitte um eine Haarlocke als Liebespfand erschreckt sie, als habe er Jungfer Zimpf einen unflätigen Antrag gemacht.[41] Dabei hat er in ihrer Gegenwart außer Hut und Stock noch nichts abgelegt. Und natürlich kommt es in diesem stillen, sonnenlosen Zimmer, das von einem schlafenden Hund und zwei diskreten Schwestern bewacht wird, nur zu »gesalbten Küssen« auf die Finger, die Stirn und das Haar und schließlich auf den Mund, ebenso feierlich, bis sich auch dieser holde Schrecken legt und sie seine Liebkosung stolz und lächelnd erwartet. Auf die Briefumschläge notiert Browning neben dem Datum und der Länge des Besuchs (am 22. November 1845 sind es zusammengerechnet fast genau zwei Tage, zweimal 24 Stunden, die er bei ihr war) auch noch Kreuze. Jedes Kreuz ein Kuß.

Mr. Barrett weiß zwar, daß »der Mann mit den Granatäpfeln« seine Tochter besucht, aber niemand in der Familie fühlt sich bemüßigt, ihm zu sagen, daß er regelmäßig zweimal in der Woche erscheint. Ehe der Hausherr aus seinem Kontor in der City zurück ist, hat sich Mr. Browning schon wieder verabschiedet. Einmal, an einem Augusttag, als ein Gewitter über London wütet und Robert das Haus nicht verlassen kann, kommt es in Elizabeths Zimmer zu einer kurzen Begegnung der beiden Männer; ein kaltes Neigen des Kopfes, das als Gruß durchgehen mag, dann zieht sich Mr. Barrett stirnrunzelnd zurück. Als der Gast gegangen ist, tritt er, noch immer geladen, wieder bei ihr ein. Elizabeth hat die Schnüre des Korsetts gelockert und einen leichten Morgenmantel übergezogen.

»Läufst Du etwa schon den ganzen Tag in diesem Aufzug herum, bittesehr?«

»O nein, es ist nur gerade wegen der Hitze.«

»Also, Ba, es sieht aus, als sei dieser Mensch den ganzen Tag in deinem Zimmer gewesen ...«

Sie erwidert lahm, er habe mehrmals aufbrechen wollen, sei durch das Gewitter jedoch daran gehindert worden. Damit ist das Gespräch beendet. »Kurz genug, aber es verschlug mir den Atem.«[42]

Mr. Barretts Neugier auf den Dichter hatte sich gelegt, nachdem einer seiner Söhne Mr. Browning auf einer Gesellschaft bei John Kenyon getroffen und ihn seinem Vater als wenig eindrucksvolle Persönlichkeit geschildert hatte. Kein Wunder, denn Mr. Browning wußte nicht, was er mit George Barrett besprechen sollte, und seine Stimme klang seltsam, als er sich »Miss Barrett« sagen hörte.

Erst in diesem Winter 1845 lernt Robert Browning, die Macht des Alten wirklich zu fürchten, und während Elizabeth sich von ihrem Schmerzenslager erhebt, beginnt er unter Schwindel und Migräne zu leiden. (Sie empfiehlt dagegen guten starken Kaffee und ein Glas Wein – regelmäßig.) Warum denn nicht offen sein? bedrängt er sie. Man lebe doch unter vernünftigen Menschen. Warum könne er dem Vater nicht wie ein Gentleman dem anderen entgegentreten und das Verlöbnis bekanntgeben?

»Die Gefahr kommt nicht von seiten der Vernunft«, antwortet ihm die erfahrene Elizabeth. »Ich werde angebrüllt werden; mit mir wird man nicht vernünftig reden.« Aber, schreibt sie, »ich sitze ganz ruhig im Weg, den die Lawine nehmen wird, so ruhig, daß ich manchmal selbst überrascht bin«.[43] Und vier Wochen später: »Eher würde er mich tot zu seinen Füßen sehen wollen, als in diesem Punkt nachzugeben.« Robert ist bestürzt; nicht nur über diesen Vater, sondern auch über die Tochter, auf die er zwar »fünfzig Leben lang« warten, aber die er nun doch bald gerne heiraten würde.

»Du siehst es nicht, Du verstehst es nicht!« Mr. Barrett hatte erst kürzlich im Familienkreis einen längeren Monolog über das Verhältnis von Eltern und Kindern gehalten. Durch göttliche Vorsehung seien sie zum Gehorsam verpflichtet, besonders wenn es ans Heiraten ginge. Seine Söhne verließen einer nach dem anderen das Zimmer; nur Henriettas Verehrer, der wackere kleine Hauptmann William Surtees Cook, hatte zu widersprechen gewagt. Ob Mr. Barrett Kinder als Sklaven betrachte? Mr. Barretts Antwort ist leider nicht überliefert.

In diesem milden Winter bleibt Elizabeths Gesundheit stabil. Sie nimmt weniger Opium, nachdem Robert sich besorgt über ihre Tagesration von vierzig Tropfen geäußert hatte. »Dann muß ich mit weniger auskommen, wenn Du Dir solche Gedanken machst«, erwidert sie. »Es muß Dir seltsam vorkommen, daß ich, die ich keine Schmerzen und kein akutes Leiden habe, überhaupt Opium nehme. Aber als ich damit begann, war ich von einer Unruhe beherrscht, die mich fast in den Wahnsinn trieb. Ich konnte nicht schlafen, und sogar tagsüber war das dauernde peinigende Gefühl der Schwäche nicht zu ertragen – dazu Herzklopfen, als ob das Leben im Körper eingesperrt wäre und kraftlos schlüge und flatterte, um auszubrechen. Deshalb gaben mir die Ärzte Opium in Form von Morphium und Äther. Ich nenne es seitdem mein Amreeta, mein Unsterblichkeits-Elixier. Wegen meiner reizbaren und zerrütteten Nerven muß ich bis heute eine gewisse Dosis nehmen, und der Arzt sagt, daß es gefährlich sei, das Beruhigungsmittel abzusetzen, es sei denn langsam und allmählich. Aber es kann geschehen – und Du mußt mir glauben, daß ich über die verschriebene Menge nie hinausgegangen bin. Ich werde die Dosis also langsam und allmählich reduzieren«, verspricht sie.

Damit wäre viel gewonnen, erwidert er und beginnt, ganz andere Räusche für sie zu beschreiben: »Sieh doch nur das Wetter – Flieder, Weißdorn, Pflaumenbäume, alle tragen Knospen, der Holunder hat schon grüne Blätter, die Rosen lange rötliche Triebe. Drosseln, Weißkehlchen, Spatzen singen bereits aus voller Kehle ...« Elizabeth würde die kleinen Blumen und die kleinen Vögel um seinetwillen lieben, aber im Leben wie in der Poesie brauchte sie etwas

Stärkeres: die Gipfel des Apennin, zinnoberfarbene Sonnenuntergänge, schwer duftende Orangenbäume, zu Tal stürzende Wasserfälle, Kathedralen aus weißem und schwarzem Marmor. Ihr bevorzugtes Adjektiv war »göttlich«.

Jeder Schritt, jeder Ausflug in den Park erscheint nun wie ein Probelauf für die Zeit nach Wimpole Street. »Geh, beweg Dich, *guizza, anima mia dolce*«,[44] drängt er. »An einem nicht fernen Tag wird Dein Mund nicht weit von meinem sein, wenn wir zusammen ausgehen.« Sie steht jeden Morgen auf, um Roberts Blumen anzuschneiden und in frisches Wasser zu stellen, und zum Erstaunen der Familie erscheint sie abends im Salon. Ist Mr. Browning mit seinen Blumensträußen der Grund für diese neue Rüstigkeit? Ihre Brüder finden alles sehr spaßig. Ba – in diesem reifen Alter! Sie und Mr. Browning sind ja *so* gute Freunde! Und der alberne Alfred wirft sich aufs Sofa und erklärt, er fühle sich sehr geneigt, krank zu werden. Vielleicht käme dann eine liebenswerte junge Dame, um *ihn* zu besuchen und zu unterhalten.

Sie müssen also auf der Hut sein. »Von der Stunde an, wenn sich in diesem Haus der Verdacht in *einem* Kopf festsetzt, werden wir uns hier nie wieder treffen können, noch werden wir uns schreiben dürfen. Ich meine, daß Deine Briefe an mich, falls sie nicht sogar geöffnet, dann zweifellos festgehalten und vernichtet würden«, schreibt sie ihm. »Deshalb sollten wir nichts überstürzen. [...] Ich könnte aus dem Fenster geworfen werden oder etwas dergleichen mit Schaudern denke ich an die schreckliche Szene mit Henrietta«, (als sie um die Erlaubnis zu einem Ausflug bat), »die niemals in der Weise gesündigt hat, wie ich sündige.« Allerdings hat auch Henrietta in dieser Zeit etwas zu verbergen: ihre Liebe zu Hauptmann William Surtees Cook, der allerdings, da er ein Cousin ist, unbeschwert und jederzeit ins Haus schneien darf. Als die beiden schließlich heiraten, steht Mr. Barrett zu seinem Wort, verstößt und enterbt die Tochter.

Wie sollten Elizabeth und Robert ihre Treffen, die einen zunehmend konspirativen Charakter annehmen, geheim halten? Sogar einen Ausflug nach New Cross zu Roberts Eltern lehnt Elizabeth ab. Sie würde den Brownings liebend gern ihren Respekt bezeugen, aber in diesem Fall kommt ihr die Etikette sehr gelegen: Ein Besuch sei für eine Dame unter diesen Umständen nicht üblich; deshalb stelle sein Ausbleiben auch keinen Mangel an Aufmerksamkeit dar, argumentiert sie spitzfindig. »Ich weiß, daß Deinen Eltern – gewiß in diesem Haus, wenn nicht auch in anderen Häusern – sonst Vorwürfe gemacht würden, meinen Vater nicht informiert zu haben.«[45]

Das geht über Brownings Horizont: »Warum sollten mein Vater und meine Mutter es nicht wissen?« erwidert er. »Welcher Schaden sollte daraus entstehen? Warum sollte ich sie bis in die Seele und für immer durch einen solch willkürlichen Akt der Rücksichtslosigkeit kränken – so zu denken, ist doch absurd.« Aber er gibt nach. Elizabeth würde seine Mutter nie kennenlernen.

Die Geheimnistuerei nimmt zu Recht oder Unrecht leicht manische Formen an. Es gibt so viele schrecklich wohlmeinende Menschen und so viel Tratsch. Mr. Kenyons Brillengläser scheinen sich in Suchscheinwerfer zu verwandeln, die sich in ihre Augen bohren, wenn sie bei der Erwähnung von Mr. Brownings Namen errötet. Kenyon möchte ihr Sarianna Browning vorstellen, aber der Gedanke, ihre zukünftige Schwägerin wie eine flüchtige Bekannte zu empfangen, ist Elizabeth zuwider. Außerdem fürchtet sie, Miss Browning würde sie vielleicht nicht leiden können. Mr. Hunter, der ältere Pfarrer, der sich in Sidmouth leider von Miss Barrett ermutigt gefühlt hatte, war bei einer seiner Visiten Robert Browning auf der Treppe begegnet und ihm »bleich vor Eifersucht« bis in ihr Zimmer gefolgt. Als abgewiesener Verehrer hatte er ein feines Gespür für Konkurrenz, die er in diesem »Ritter vom New Cross« witterte. Auch ihm ist nicht zu trauen.

Elizabeths alte Freundin Mrs. Jameson hatte sie nach ihren Reiseplänen für den Herbst gefragt: Nach Italien? Mit wem? Das sei noch nicht entschieden? Sie wolle doch wohl nicht mit einem Mann durchbrennen? Da müssen beide aber herzlich lachen. Dann kommen Onkel und Tante Hedley – die Schwester ihrer Mutter – nach London, um dort eine Tochter zu verheiraten, und schon spähen noch zwei Augenpaare mehr in alle Zimmer.

»Wie gut sie aussieht!« sagt Tante Hedley zu ihrem Schwager.

»Findest du?« antwortet Mr. Barrett.

»Was denn – findest du nicht? Hast du nicht bemerkt, wie sie sich verändert hat?«

»Oh, ich weiß nicht. Sie ist muffelig.«

»Muffelig?«

»Sie sagt nichts.«

»Vielleicht ist sie nervös?«

Sie sei nicht muffelig, schreibt sie an Robert, im Gegenteil, sie versuche mit aller Kraft fröhlich und gesprächig zu erscheinen, aber sie sei tatsächlich sehr, sehr nervös, und sie beginnt, Mrs. Jameson und Miss Mitford zu hassen, die lieben Freundinnen, die sie früher mit ihrem Geplauder aufgeheitert hatten, und die ihr nun die Zeit stehlen und sie in Verlegenheit bringen. Arabel, der sie nichts mehr vormachen kann, schimpft mit ihr auf dem Weg zu dem lange vernachlässigten Mr. Boyd, weil sie, von Schüchternheit überwältigt, plötzlich umkehren will: »Also Ba ... was bist du nur für ein Feigling! Du wirst niemals heiraten, solange sich die Welt dreht!«

»Steht uns eine Verlobung bevor?« fragt Bruder Charles John im August. »Unsinn, Stormie«, erwidert Henrietta.

IX

Elizabeth glaubt, alle Lücken, durch die etwas sickern könnte, so gründlich verstopft zu haben wie die Ritzen ihres Fensters im Winter, aber wie konnte ein Mann wie Mr. Barrett, der überall Verrat und Rebellion witterte, so lange und erfolgreich hinters Licht geführt werden? War es Arglosigkeit? Ein Mangel an Vorstellungskraft oder seine Art, vor Schwierigkeiten die Augen zu verschließen? Zumindest Arabel und Henrietta halten den Atem an, als Tante Hedley, die offenbar gar nicht mehr weichen will, beim Abendessen erwähnt, daß sie Ba den ganzen Tag nicht gesehen habe und, als sie die Tür zu deren Zimmer geöffnet, dort einen fremden Gentleman vorgefunden habe, und daß die Nichte ihr mit einem Senken des Kopfs offenbar bedeuten wollte, die Tür gleich wieder von außen zu schließen. »Oh, nein«, sagt Henrietta geistesgegenwärtig, »das mußt du falsch verstanden haben, Tante, Sie hat bestimmt genickt und gemeint, daß du eintreten sollst.« Und Mr. Barrett stimmt zu: »Das hättest du tun sollen; dir den Dichter anschauen, den Mann mit den Granatäpfeln.«

Was immer ihn dazu treibt, selbst hinaufzusteigen, seine Tochter »meine Liebe« und »mein Kätzchen« zu nennen und sogar Blumen mitzubringen, er kommt zu spät. Sie kann seine Freundlichkeit kaum noch ertragen, und Papas Friedensangebot verwelkt rasch neben den immer frischen Sträußen aus Mrs. Brownings Garten. »Ich blickte betrübt von einem Strauß zum anderen – ich kann kein gutes Vorzeichen in diesen Blumen erkennen – und ich wünschte, er hätte mir keine gebracht. [...] Im übrigen, ist es nicht eher mein Schmerz als meine Schuld, daß wir so handeln? Haben wir eine Wahl? Hätte er mich gelassen, ich hätte ihn von Herzen geliebt. Es ist nicht meine Schuld, daß er mich nicht gelassen hat. Jetzt ist es zu spät. – Ich bin nicht mehr sein und auch nicht mehr mein.«[46]

Was es zwischen den heimlich Verlobten nun zu besprechen gibt, sind die praktischen Dinge des Lebens, »bloß Geld«, wie Elizabeth sagt, die genug für zwei hat, denn Robert hat keins. »Niemand hat das Recht, nachzuzählen, ob die Groschen, von denen wir leben, Deine oder meine sind, denn Deine sind meine und meine sind Deine, wenn wir erst zusammen sind.« Und wohin sollen sie ziehen? In das alte Sehnsuchtsland der Dichter, nach Italien, dessen Sprache sie sprechen und wo es pittoresk, kunstgesättigt, warm und billig ist? Oder Griechenland?

Schon damals wollte man nicht so vielen von Seinesgleichen begegnen. Die Toskana und den Süden Italiens haben die Engländer bereits vor ihnen entdeckt, aber sie werden sich entschlossen von den Touristen fernhalten. Vielleicht im Gedenken an die Pisa-Affaire beschließen sie, ihr Quartier in der norditalienischen Stadt aufzuschlagen. Sie würden mit leichtem Gepäck reisen, und Elizabeth, die »Gold & Pomp« der Welt verachtet, ist bereit, Robert anzuhängen und von Heuschrecken und wildem Honig zu leben.

Wieder ist es Mr. Kenyon, der sich unangenehm bemerkbar macht. »Er begann mit einem elaborierten Satz, dessen Ende ich schon eine Meile im voraus absehen konnte, daß er es besser als ich wüßte, aber dennoch von mir hören wolle, welche Aussichten Mr. Browning in Zukunft habe.«[47] Mrs. Procter, eine Dichtersgattin, habe erwähnt, es sei doch zu schade, daß Mr. Browning keiner geregelten Tätigkeit von sieben oder acht Stunden am Tag nachgehe.

»Ich wurde ärgerlich, was besser war als meine Verwirrung zu zeigen«, schreibt Elizabeth an Robert. »Dazu hätte ich eine Menge sagen können, aber ich erwiderte nur, daß eine Stellung zur Sicherung des Unterhalts nicht gebraucht werde, da Du zum einen ganz schlichte Gepflogenheiten und Bedürfnisse habest, zum anderen, daß es nicht Dein Ziel im Leben sei, irgendeine Beschäftigung zu suchen, da Du sie in der Ausübung Deines Genies schon gefunden habest. Und im übrigen, wenn Mr. Procter sich entschlossen hätte, die Poesie zu *seinem* Lebensziel zu machen, würde er bessere Gedichte schreiben.«

Das war gut gegeben, aber vermutlich konnte sich Elizabeth, die für ihren Unterhalt nicht aufkommen mußte und vierzig Jahre lang bedient worden war, nicht vorstellen, wie jemand »nur von Brot und Kartoffeln leben kann, lieber einen Kittel und ein blaues Hemd trägt (so wie jetzt, da ich Dir schreibe) als die Garderobe eines Gentleman, und wenn es denn hart auf hart käme, einen ordentlichen Pferdepfleger abgäbe«. So jemand, schreibt Browning, kenne keine Sorgen außer denen, die die Lilien auf dem Felde bedrückten.

Elizabeths Vermögen, das von ihrem Vater verwaltet wird, besteht aus achttausend Pfund in Staatspapieren, dazu lukrativen Aktien von Eisenbahn- und Schiffahrtsgesellschaften und zehn Aktien des Drury Lane Theatre, die gar nichts wert sind. Als Rendite streicht sie rund 350 Pfund im Jahr ein (mehr als Roberts Vater bei der Bank von England verdient). Aus dieser Summe zahlt Mr. Barrett ihr vierteljährlich ein Nadelgeld von vierzig Pfund, das sie zügig ausgibt. »Nicht für Kleider«, beruhigt sie Browning. Nicht einmal, als sie gesund war und ausging, habe sie im Jahr mehr als zwanzig Pfund für ihre Garderobe ausgegeben. Im Krankenzimmer trägt sie abwechselnd ein Winter- und ein Sommerkleid, bis sie zerschlissen sind. »Mein größter persönlicher Posten ist seit einiger Zeit das *Morphium*. Dennoch fließt das Geld nur so zum Fenster hinaus, und ich habe wenig Talent zum Dämmebauen. Aber Du wirst sehen – ich bin nicht verschwenderisch.«[48]

Nach dem Eherecht würde ihr gesamtes Vermögen bei der Heirat unter seine Befugnis fallen, aber Browning betrachtet ihr Geld niemals als das seine, und die Vorstellung, von ihren Groschen zu leben, bereitet ihm Kopfschmerzen. Im Haus seiner Eltern zu wohnen und nur seinem Genie zu leben mochte für sie beide erstrebenswert sein. Browning weiß aber auch, daß die Mrs. Procters dieser Welt strenger über ihn urteilen werden, und das ist ihm nicht ganz so gleichgültig, wie er Elizabeth gegenüber vorgibt. Deshalb beginnt er, allerlei abwegige Pläne zu schmieden: Elizabeth solle ihren Besitz den Brüdern und Schwestern überschreiben, man werde ihn nicht brauchen. Und wovon sollten sie dann leben? Er werde in den diplomatischen Dienst eintreten; er werde die Jurisprudenz wieder aufnehmen, er werde von einem ihm bekannten Lord eine Pension erbitten, und gerade fingen auch seine Bücher an, sich gut zu verkaufen ... Nichts davon berührt auch nur im entferntesten die Realität.

Elizabeth bekommt es einmal wieder mit der Angst zu tun und rückt ihrerseits mit einem unbrauchbaren Vorschlag heraus: »Ich möchte, daß Du es mit mir einen Winter lang versuchst, und wenn Du meiner überdrüssig werden solltest (was ich bemerken werde, ohne daß Du es aussprichst), nun, dann werde ich dem Maultier die Sporen geben und Dich in Italien sitzenlassen und nach Griechenland ziehen, irgendwohin, wo ich alleine leben kann, und ich nehme nur genug mit, um Brot und Salz bezahlen zu können. Du glaubst, ich scherze? Das tue ich gewiß nicht.«[49] Denn dies ist ihr ernst: »Ich könnte niemals mit Dir streiten; aber ebensowenig könnte ich mit Dir leben, wenn Du mich nicht liebtest. Wir könnten nicht das scheußliche Leben eines ›Ehepaars‹ führen, wie so viele in unseren Kreisen. Du weißt, das könnten wir nicht.«

Browning wird es bei dem Gedanken an eine Probe-Ehe geschaudert haben. So streng er die Herrschaft der Gatten und Väter ablehnt, so sehr ist er doch Mann seiner Zeit, daß ihm die »Reinheit« der Frauen heilig ist. Elizabeth nennt ihn einmal spöttisch einen »vorbildlichen Bürger«. Er ist kein Leichtfuß und kein Libertin, und eines scheint ihm auch in der Ehe unabdingbar:

»Ich muß Dich um getrennte Zimmer bitten. Ich glaube, ich habe mir niemals in Gegenwart meines Vaters die Haare gekämmt oder das Gesicht gewaschen. Vor Dir könnte ich nicht einmal meinen Rock ausziehen; also warum sollte ich?«[50] Man mag es viktorianische Prüderie nennen oder auch nur den Wunsch, eine ideale Liebe vor den Niederungen des Alltags zu schützen.

Im August beschließen sie, den Hochzeitstermin auf Ende September festzusetzen. Doch dann wirft eine Störung von unerwarteter Seite die Planung über den Haufen: Flush ist verschwunden.

X

Flush ist entführt worden – nicht zum ersten Mal. In seinem Leben als Sofarolle waren dem Spaniel ein paar hündische Überlebensstrategien abhanden gekommen. Man hatte ihm abgewöhnt, Geräusche zu machen und nach Mr. Brownings Hosenbeinen zu schnappen, und nun sei er dem Entführer wohl schwanzwedelnd in den Sack gesprungen, vermutet Browning. Aber nein, erwidert Elizabeth, der arme Liebling muß geknebelt worden sein, denn »wenn er hätte beißen können, hätte er gebissen, und wenn er hätte jaulen können, hätte er gejault«. Doch so war Flush, als Miss Barrett und Arabel einen Laden in der Vere Street verließen und in eine Droschke steigen wollten, unbemerkt von ihrer Seite gerissen worden. »Flush?!« Weg war er. Wie oft hatte man ihr geraten, ihn an die Leine zu nehmen, aber der Hund war ja so froh, wenn er beim Spaziergang im Park endlich einmal herumwetzen durfte.

Hundediebstahl war in London ein beliebter und diskret abgewickelter Sport der Kriminellen. »Sie machen drei- bis viertausend Pfund im Jahr«, schätzt Elizabeth. Rassehunde verschwanden, landeten in Zwingern im Eastend, wurden von dort teuer weiterverkauft oder nach saftigen Lösegeldern ihren Besitzern zurückgegeben. Das Procedere war bekannt: »St. Giles stahl, was St. Giles konnte; Wimpole Street bezahlte, was Wimpole Street mußte.«[51] Der Chef der »Sozietät« war Mr. Taylor, und jeder Hundebesitzer wußte, wo er zu finden war. Einer Dame in Barretts Nachbarschaft, die meinte, mit diesen Geschäftsleuten feilschen zu können, schickten sie in einem Paket den abgeschnittenen Kopf ihres Haustiers. Miss Barrett hatten die Entführer wissen lassen, man habe sie seit langem beobachtet, wann sie sich wohin in der Sänfte oder in der Droschke begab, um im passenden Augenblick zuzugreifen. So war es geschehen, und schon zweimal hatte Elizabeth ihren Hund wieder ausgelöst. (Am Ende kamen zwanzig Pfund zusammen; vier Pfund mehr als das Jahresgehalt ihrer Zofe.)

Diesmal wird ihr Bruder Henry beauftragt, Kontakt mit der Bande aufzunehmen. Er findet Mr. Taylor »in einem Zimmer voller Bilder an den Wänden, eine Zigarre rauchend«. Sein Preis: sechs Pfund Lösegeld für die Sozietät und ein halbes Pfund für ihn als Vermittlerhonorar. Doch nun schaltet sich Robert Browning zweimal täglich aus New Cross ein. Er ist entschieden gegen die Zahlung. Indem Elizabeth dem Schurken Taylor nachgebe, weiche sie der Tyrannei und stärke die Macht des Bösen. »Die Welt würde so zu einer abscheulichen Lasterhöhle voller Diebe und Erpresser.« Wenn man ihn fragte: Er hätte dem Kerl keine fünf Schilling gegeben. »Ich hätte gesagt, [...] kommen Sie mir nicht mit diesem Unsinn von Kopf- und Pfotenabschneiden. So wahr ich hier stehe, seien Sie versichert, daß ich mein ganzes Leben darauf verwenden werde, Sie zur Strecke zu bringen, den Schädling, als der Sie sich gebärden – und mit allen nur denkbaren Mitteln werde ich Sie und so viele Ihrer Komplizen zur Strecke bringen, wie ich nur aufspüren kann – *Sie* aber habe ich bereits entdeckt und werde Sie niemals aus den Augen lassen [...] Wohlgemerkt Ba, dies kann nicht Dein Weg sein. [...] Aber für mich sind Religion, Recht und Gerechtigkeit untrennbar mit dem Widerstand gegen die Schlechtigkeit verbunden ...«[52]

Robert Browning ist in dieser ersten Septemberwoche nicht in guter Verfassung; er wird von so heftigen Kopfschmerzen und Schwindel gemartert, daß er einen Besuch streichen und seine Schwester bitten muß, diesen Brief zur Post zu bringen. Elizabeth weiß, daß die Kopfschmerzen verschwunden sein werden, sobald sie verheiratet sind, und daß hinter den entrüsteten Tönen und der Prinzipienreiterei wieder der liebenswürdige Robert B. erscheinen wird, aber als Ratgeber im Fall Flush ist er ihr keine große Stütze. Wenn sie nach vielen besorgten Worten über seine Gesundheit wieder auf ihren Hund zu sprechen kommt, geschieht es mit Ironie. Der »Erzfeind Taylor«, dessen Verfolgung Robert sein Leben widmen wolle (das doch schon ihr gehöre), habe seine Forderungen wiederholt, und sie könne nicht ertragen, daß sie um der sechs Pfund »oder selbst um abstrakter Rechtsgrundsätze willen meinen armen Flush grausam aufs Spiel setze – ich kann es nicht. Du sagst selbst, ich könne es nicht ... Du aber würdest es tun. Du würdest es! – Ach – Liebster – vorbildlicher Bürger – Du würdest es nicht tun – ich kenne Dich besser. Deine Theorie ist viel zu gut, um in der Praxis nicht auseinanderzufallen. Man kann die Gerechtigkeit sehr lieben; aber die Liebe zu einem abstrakten Prinzip ist nicht die stärkste – habe ich recht?«

Was würde Robert denn tun, wenn in Italien die Banditti über sie kämen »und mich in die Berge fortschleppten und Dir eines meiner Ohren schickten, um Dir mein voraussichtliches Schicksal zu zeigen, wenn Du ihnen nicht ... wie viel darf ich sagen, daß ich wert bin? ... fünf oder sechs Scudi schicktest (wäre *das* ein vernünftiges Angebot?) ... würdest Du antworten: Das ist viel zu viel, und würdest Du, gestützt auf abstrakte Prinzipien, das andere Ohr abwarten [...]. Wirklich Liebster? Das sollte ich vielleicht im voraus wissen.«[53]

Ausnahmsweise, aber kaum erstaunlich, ist Mr. Barrett der gleichen Meinung wie Mr. Browning. Henry solle nicht zahlen, ordnet er an, und Elizabeth nichts davon erfahren. Aber Elizabeth erfährt davon und gerät in Panik. Flush ist seit drei Tagen verschwunden, und alles, was die Herren zur Lösung des Problems beitragen, sind Vorwürfe und Verbote. Henry warnt, man werde sie ausrauben und ermorden, wenn sie sich einmische. Sollte dieser Fall eintreten und sie deshalb außerstande sein, mit Robert nach Pisa zu reisen, sei es nicht ihre Schuld, schreibt sie ihm. Selbst Mr. Boyd muß seinen Senf beisteuern. Der Erpressung nachzugeben sei eine »schreckliche Sünde«. Daher beschließt Miss Barrett, die Sache selbst zu regeln, verpflichtet Wilson zur Unterstützung und nimmt eine Droschke in die Manning Street in Shoreditch.

Es ist das erste Mal, daß sie sich aus ihrem ehrbaren Viertel hinausbegibt. Gehobenes Bürgertum und abstoßendes Elend liegen im viktorianischen London eng benachbart, aber alles, was sie darüber weiß, steht in einem Report über die Industriearbeit von Kindern. Nun sind sie und Wilson auf dem Weg in eine unferne Gegend, »von der sie nie etwas geahnt hatte. Sie waren in einer Welt, wo Kühe unter Schlafzimmerböden zusammengepfercht stehen, wo ganze Familien in Zimmern mit zerbrochenen Fenstern schlafen; in einer Welt, wo das Wasser nur zweimal in der Woche angestellt wird; in einer Welt, wo das Laster und die Armut Laster und Armut ausbrüten. Sie waren in eine Gegend gekommen, die achtbaren Droschkenkutschern unbekannt war.«[54]

Bei einer Kneipe fragt der Kutscher nach dem Weg. Dort weiß schon jeder, in welchen Geschäften die beiden Damen unterwegs sind, und »ein unberatener Menschenfreund lief uns voraus, in ein Haus hinein und wieder heraus, um uns auszurichten, daß der Herr nicht daheim sei, aber ob wir nicht aussteigen und eintreten wollten«. Inzwischen hat sich eine Gruppe von Gaffern um die Droschke versammelt, die sich überschlagen, den Damen behilflich zu sein, und Wilson ist mit den Nerven am Ende. »Sie beschwor mich in einem entsetzten Gemurmel, ans Aussteigen nicht einmal zu denken.« Der Menschenfreund rennt wieder ins Haus und kommt mit Mrs. Taylor zurück, »einem unförmigen weiblichen Banditen, so dick, daß sich ihr Gewissen ein Leben lang auf ihr ausruhen konnte«. Sie bittet die Damen ins Haus, aber Miss Barrett führt die Verhandlungen lieber durchs Droschkenfenster. Ob Mrs. Taylor ihrem Gatten ausrichten wolle, er möge sein Versprechen hinsichtlich der Rückerstattung eines Hundes halten, und ihn bewegen, im Lauf des Tages in der Wimpole Street vorzusprechen, und zwar ohne weitere Verzögerung, worauf die Gattin mit liebenswürdigem Lächeln versichert, sie glaube, Mr. Taylor habe just in dieser Sache das Haus verlassen und werde dem Geschäft seine volle Aufmerksamkeit schenken. »Und sie wiegte mit der anmutigsten Leichtigkeit den Kopf nach rechts und links. So endeten wir unter Austausch von Höflichkeiten, und Wilson war der Meinung, daß wir mit dem nackten Leben davongekommen seien. Es war überdeutlich, daß die Bande dort das Sagen hatte. Die Sozietät, die ›Fancy‹, hatte dort ihren Stützpunkt. – Die Gesichter dieser Männer!«

Zehn Jahre später, als sie *Aurora Leigh* schreibt und in Gedanken wieder nach Shoreditch hinabsteigt, sollte ihr die Begegnung mit diesen Gesichtern zustatten kommen; allerdings haben sich die fast lustigen Banditen im Laufe des poetischen Prozesses in »den untersten Abschaum der

Hölle« verwandelt, der in »feurigen Schleimwirbeln« an die Oberfläche gestiegen ist.

An diesem Abend erscheint Mr. Taylor tatsächlich. Miss Barrett schickt Wilson mit dem Geld in die Halle hinunter, obwohl er ohne Flush und nur mit seinem Ehrenwort gekommen ist, denn sie scheint keine andere Wahl zu haben. Doch nun tritt Elizabeths Bruder Alfred hinzu und beschimpft Mr. Taylor als »Schwindler, Lügner und Dieb«, worauf dieser ebenfalls ausfallend wird, sich zum Gehen wendet und verspricht, daß sie Flush nicht wiedersehen werden. Miss Barrett steht wahrscheinlich oben im Treppenhaus und hört mit. »Ich war so ärgerlich über Alfred und hatte solche Angst um Flush, weil ich ahnte, daß man mir nun aus Rache dessen Kopf schicken würde.« So eilt sie nach unten und erklärt sich bereit, Mr. Taylor wohin auch immer zu folgen und Flush um jeden Preis auszulösen. »Alle schrien auf mich ein, ich sei völlig verrückt und stur und bockbeinig – ich mußte mir genauso viele Schimpfworte anhören wie Mr. Taylor.« Schließlich erklärt sich Septimus, Bruder Nummer 7, bereit, das Geld zu nehmen und Mr. Taylor zu begleiten, wenn Ba nur bitte wieder auf ihr Zimmer gehen und sich nicht aufführen wolle. Er geleitet den Gentleman hinaus, und abends um acht ist Flush zurück, verstört, schmutzig und abgemagert.

Für gewöhnlich darf Flush Miss Barrett »küssen«, ihr die Schnauze ins Gesicht stupsen, aber an diesem Abend führt ihn sein erster Weg nicht in die Arme seiner Herrin, sondern zum Wassernapf, den er dreimal hintereinander leerschlappert. »Er war bei meinem Anblick nicht so begeistert, wie ich erwartet hätte, [...] und wann immer jemand zu ihm sagte: ›Armer Flush, hat der böse Mann dich gestohlen‹, legte er den Kopf zurück, heulte und winselte.«

Noch eine Woche zuvor hatte sie an Browning geschrieben, sie bewege sich am Rand eines Nervenzusammenbruchs und fürchte, sie sei der ganzen Aufregung um ihre Hochzeit niemals gewachsen, da sie zu der bedauernswerten Sorte Frau zähle, die in Krisenzeiten hysterisch wird, statt Tatkraft und Widerstand zu entwickeln. Nun schildert sie ihm ausführlich ihr Abenteuer im Londoner Eastend, und es klingt fast, als habe sie es genossen.

Robert Browning, mit Kopfschmerzen im Bett, kann nur einen etwas schmallippigen Glückwunsch zur Errettung des Hundes senden, und »es war höchst unvorsichtig von Dir, diese abscheulichen Schufte aufzusuchen – sie hatten wohl keine Ahnung, mit wem sie die Ehre hatten.«

Drei Tage später aber er ist er gefordert, »für uns beide zu denken«, und, wie sie vielleicht im stillen hofft, mit der Faust auf den Tisch zu schlagen: Zeit zu gehen! Der alte Barrett hat für sich beschlossen, mit seiner ganzen Familie London zu verlassen, damit das Haus – im September – ordentlich gelüftet und renoviert werden könne. Bruder George ist schon auf dem Weg, um in Kent oder Sussex ein Ausweichquartier zu suchen. »Wir müssen jetzt *sofort heiraten*«, beschließt Browning. Sobald Elizabeth erst einmal aufs Land verfrachtet sei, womöglich an einen Ort ohne Postamt und Bahnhof, wird ein Entkommen fast unmöglich sein. »Wenn der Sprung ins kalte Wasser gemacht werden muß, dann ist das zitternde Herumstehen am Ufer schädlich und sinnlos. [...] Du hast mir gesagt, daß Du bereit bist zu gehen – dann, Liebste, wirst Du jetzt bereit sein, früher zu gehen, als Du mir gestern versprochen hast [...]. Wie könnten wir Anfang Oktober reisen! Wir werden zwei Wochen unterwegs sein [...], die Vormittage sind schon kalt, die Abende früh dunkel.« Der allgemeine Trubel im

Hause Barrett könne sogar von Vorteil sein. Sie werde unauffällig packen können. »Ich gehe noch heute eine Genehmigung besorgen, und am Samstag können wir heiraten.« Am 11. September 1846 besucht er sie zum letzten Mal in ihrem Zimmer. Am nächsten Morgen verläßt sie an Wilsons Arm das Haus zu einer stillen Hochzeit in der Marylebone Church.

Geliebter, Meiner, der mich sehr erschrocken
von dieser öden Erde Flachland hob
und der den Vorhang meiner matten Locken
mit einem Kusse auseinanderschob,

drin Leben wehte, – Engel wundern sich,
wie meine Stirne scheint. O Meiner, Meiner,
die ganze Welt verging, und es kam Einer,
ich suchte Gott allein, da fand ich dich.

Ich finde dich: getrost und stark und still.
Wie aus dem niebetauten Asphodill
einer zurücksieht auf die welke Zeit

der Oberwelt, so bin ich zwischen Bösen
und Guten schon zur Zeugenschaft bereit
die Liebe kann – stark wie der Tod – erlösen.[55]

Browning fühlt sich nach seiner allein verbrachten Hochzeitsnacht wie neu geboren: keine Kopfschmerzen, kein Schwindel. »Seit zwei Jahren bin ich nicht mehr so erwacht. Was hast Du mit mir gemacht?« Aber für Elizabeth ist es noch nicht ausgestanden. In der Wimpole Street hat sich die ganze Familie mit einigen alten Bekannten aus Herefordshire versammelt; alle lachen und palavern laut und munter über die verspätete Sommerfrische und das Haus in Little Bookham, das George gefunden hat. »Ich wagte nicht, gegen ihren Lärm zu protestieren, obwohl er mir den Kopf zu spalten drohte (eine Hälfte auf jede Schulter), denn ich hatte solche Angst, Verdacht zu erregen.« Und dann beginnen auch noch die Glocken zu läuten. »Was sind das für Glocken«, fragt eine der Damen aus Herefordshire. »St. Marylebone Church«, antwortet Henrietta, die hinter ihrem Stuhl steht.

Als sich der Haushalt endlich beruhigt hat, tritt Mr. Kenyon ein. Die Augen hinter seiner Brille sind bizarr vergrößert, als reichten die Pupillen bis zum Rand der Gläser. Der alte Freund fragt sie ganz umstandslos: »Wann haben Sie Browning getroffen?« Elizabeth würde ihm gerne antworten: gestern, und zwar zum letzten Mal in London. Aber sie errötet und schweigt.

XI

Daß Robert Browning seine rechtmäßig Angetraute weiter in der Rolle des Verehrers unter dem Dach ihres Vaters besucht, widerstrebt beider Ehrgefühl, und so verständigen sie sich bis kurz vor der Abreise weiter in Briefen. Sollen Bücher mitgenommen werden? Vielleicht die kleinen Ausgaben. Keine zwei Schreibpulte; er nimmt das seine mit. Und sie soll seine Briefe sicher einschließen (sie nimmt sie mit). Elizabeth hat gefütterte Schuhe gekauft, sicher praktisch für die italienischen Steinfußböden. Die Etikette muß beachtet werden. Sollen Anzeigen aufgegeben, Karten verschickt werden? Mit welcher Adresse? »Für ein Jahr in Italien«? Wer verdient einen Brief? Robert wird an Mr. Kenyon schreiben, sie an Miss Mitford – und an Papa. Aber erst wenn sie außer Reichweite sind. »Er wird mich umbringen – Du machst Dir keine Vorstellung, wie schlimm es kommen wird.«[56] Und am nächsten Tag:

»Ich bin wie gelähmt, wenn ich an die Worte denke, die ich schreiben muß – ›Papa, ich bin verheiratet; ich hoffe, Du bist nicht allzu verärgert.‹ Ach, armer Papa! Du bist zu optimistisch, wenn Du erwartest, er werde es mit Ruhe und Gelassenheit tragen. Er wird im höchsten Grade zornig sein – er wird mich weit von sich werfen. Nun, solche Gedanken bringen mir keinen Trost. Wie habe ich mich heute abend gefühlt, als ich ihn sah! Er sprach freundlich und fragte mich, wie es mir gehe. [...] Ich will mich ihm zu Füßen werfen, damit er mir ein wenig verzeiht – nur soviel, daß er mich wieder in die Arme nimmt. Ich liebe ihn, er ist mein Vater, er hat im Grund gute und vornehme Eigenschaften, und vor allem ist er mein Vater. Und ich weiß,

Du wirst mich gewähren lassen und mir helfen, diese entfremdete Liebe zurückzugewinnen, weil Du großmütig und zärtlich bist. [...] Gewiß werde ich ihm sagen können, ›außer in diesem einen Fall habe ich mich in meinem ganzen Leben dem geringsten Deiner Wünsche gefügt. Wäge das Leben gegen diesen einen Fall und vergib der Tochter, die Du einst geliebt hast.‹ Bestimmt kann ich das sagen und ihn dann an das lange Leiden erinnern, das ich durchlitten habe und ihn anflehen, mir das Glück zu vergeben, das endlich gekommen ist. Und er wird statt dessen wünschen, ich wäre schon vor Jahren gestorben.«[57]

Elizabeth kannte ihren Vater gut. Es war genau das, was er seiner Tochter wünschte. Vom Tag ihrer Abreise an war sie für ihn tot. Vergeblich rechnete sie auch mit dem Verständnis ihrer Brüder. »Wir halten uns in diesem Haus um so fester an den Händen wegen der Last, die über unseren Köpfen schwebt«, hatte Elizabeth noch im Januar geschrieben. Im September sollten sich diese Hände lösen. Arabel und Henrietta standen zu ihr, aber es würde Jahre dauern, bis die Brüder ihr vergaben.

Die Überfahrt von Southampton ist rauh. Von Le Havre nehmen sie eine Kutsche nach Rouen. Zuerst dieser »elende Samstag«, der grußlose Abschied aus der Wimpole Street, dann der Sturm und die rasende Fahrt. Gut, daß sie die blaue Phiole zur Hand hat. »Die Kutsche war bequemer als irgendein Wagen, in dem ich in den letzten Jahren gefahren bin – mal schienen fünf Pferde vorgespannt, mal sieben – alle wild und schön in lockerem Geschirr – einige weiß, andere braun, wieder andere schwarz. Im Galopp wogten ihre Mähnen auf und nieder, und das weiße Zaumzeug floß von ihren Köpfen herab. Welch ein phantastischer Anblick im Mondlicht! Ich fühlte mich ein wenig fiebrig von der Erschöpfung, von dem Druck, unter dem ich in den letzten Tagen gestanden hatte, und der erzwungenen Selbstkontrolle. So begann ich alles um mich herum wie in einer Vision zu erleben und wußte nicht, ob ich mich in meinem Körper oder außerhalb befand. Ich wurde geheißen, mich auszustrecken und die Füße hochzulegen. Robert war schrecklich um mich besorgt.«

Kaffeepause in Rouen. Er trägt sie ins Hotel hinein und wieder heraus, an einem Spalier erstaunter Franzosen vorbei (diese Briten!), in die Kutsche, aus der Kutsche und ins Eisenbahnabteil. Dann sind sie endlich in Paris, und Mrs. Jameson, die mit ihrer Nichte den Kontinent bereist, wird von ihrem Besuch vollkommen überrascht. »Sie kam herein mit ausgestreckten Händen, die Augen weit aufgerissen wie Flush – ›Ist es möglich – ist es möglich – Sie liebes, verrücktes Wesen!‹« Und obwohl Elizabeth, wie von Furien gehetzt, erst jenseits der Alpen anhalten will, übernimmt nun Anna Jameson das Kommando und verordnet eine Pause. »Ich glaube, ich habe ihr das Leben gerettet, als ich sie überredete, ein paar Tage auszuruhen.« Die Dame hat nicht viel Zutrauen in den praktischen Sinn der beiden. »Gott stehe ihnen bei, denn ich weiß nicht, wie sich zwei Dichterköpfe und Dichterherzen in dieser prosaischen Welt zurechtfinden sollen.«

Bisher haben sich die beiden in zwanzig Monaten nur gegenüber gesessen. An Elizabeth war die Führung des Haushalts ebenso vorbeigegangen wie an Robert die Einteilung seiner Finanzen. Alltag und Nähe müssen erst einmal ertastet und erprobt werden.

In Paris haben die Jungvermählten Zeit, ihre Hochzeitsnacht nachzuholen. »Endlich geht es ihm gut – ich danke Gott – und auch mir geht es gut – ich lebe wie in einem

Traum – ich liebe und werde geliebt, jeden Tag mehr – und aus der Nähe sehe ich nun alles in ihm, was ich aus der Ferne nur ahnte; wir sind ein Gedanke, ein Pulsschlag«, schreibt sie an Arabel.

Sie besuchen den Louvre, dinieren abends mit Mrs. Jameson, spazieren zum Hotel zurück. Robert besteht darauf, sie die Treppe hinaufzutragen, und dann sehen sie »die Sterne über den hohen Häusern von Paris aufgehen. Wir erzählen uns kindische, glückliche Sachen« oder schmieden Pläne für Italien. »Er sagt, er liebe mich mehr als je zuvor, und wir führen ein so ruhiges, aber ganz neues Leben; es ist wie der Ritt auf einem verzauberten Pferd.«

Die Schwestern hingegen bekommen nur die Staubwolke zu sehen und den Zorn des Donnergottes zu spüren. Elizabeth erwartet in Orleans, wohin das Paar zusammen mit Mrs. Jameson und deren Nichte weiterreist, die ersten Nachrichten von zu Hause und darin »ihr Todesurteil«. Als Robert mit dem Packen Briefe erscheint, bittet sie ihn, sie damit alleine zu lassen. »Das waren harte Briefe vom liebsten Papa und vom liebsten George – dem ersten muß ich mich beugen – ich glaube nicht, daß ich diesen randvollen Becher verdient habe, aber er ist mein Vater.« Mr. Barrett läßt sie wissen, sie habe »ihre Seele für – *Genie* verkauft, nichts als Genie«. Nicht Mammon – nicht Ruhmsucht – nicht Wollust. Er wird keinen ihrer Briefe lesen und ihr niemals verzeihen. Und selbstverständlich darf Elizabeths Name in seiner Gegenwart nie wieder genannt werden. Auch George schreibt ihr »mit dem Schwert«. Alle Brüder sind einträchtig entrüstet, auch Charles John, der liebe ›Stormie‹, der in der Pisa-Affäre ihr Fürsprecher war. Er sollte selbst noch 1899, als die Liebesbriefe der Brownings als Buch erscheinen, aus Jamaika gegen das pflichtvergessene Paar wettern.

Als Robert nach zehn Minuten, die er vor der Tür gewartet hatte, wieder eintritt, weint sie – auch über den Trost, den die Schwestern geschickt haben. »Ich legte Eure beiden Briefe in seine Hände, und als er sie gelesen hatte, küßte er sie und sagte mit Tränen in den Augen – ›ich liebe Deine Schwestern von ganzem Herzen – ich bin ihnen unaussprechlich dankbar – mein ganzes Leben lang werde ich danach streben, ihr Vertrauen in mich zu rechtfertigen‹. Möge Gott Euch segnen!«[58]

Auch Mary Mitford, die Browning gleichwohl nie verzeihen kann, daß er ihr die Freundin »gestohlen« hat, Sarianna Browning und John Kenyon schicken balsamische Worte. »Ich stimme in allem überein, was Ihr beide je gedacht, gefühlt und getan habt«, schreibt der väterliche Freund. »Diese höchst eigenartigen Umstände Deines Falles haben das, was man sonst Unbedachtsamkeit nennen würde, in Besonnenheit und anscheinende Halsstarrigkeit in reale Notwendigkeit verwandelt.« Wäre er gefragt worden, er hätte ihnen genau zu dem geraten, was sie nun ohne ihn vollbracht hatten. Ein leiser vorwurfsvoller Unterton von ›warum habt Ihr mir nicht vertraut?‹ schwingt mit.

Als sie Richtung Avignon weiterfahren, hebt sich die Stimmung ein wenig. Mrs. Jameson, die sich als die Reisemarschallin begreift, schildert ihrer Freundin Lady Byron die Neuvermählten. Sie ist noch immer »eine arme Kranke«, die sich in der rüttelnden Kutsche Knie und Ellenbogen wundstößt, die Strapazen aber ohne Wehleidigkeit er trägt. »Was *ihn* betrifft – seine Freude und Wonne und seine poetischen Launen und Possen, aber auch sein tiefer Ernst und seine große Zärtlichkeit, die hinter seiner funkelnden Phantasie sichtbar werden, machen ihn zum reizendsten Gefährten«[59] – obwohl Mrs. Jameson das schafsmäßige ›Ba‹

aus dem Mund eines erwachsenen Mannes nicht gutheißen kann. Sie weigert sich, Elizabeth, die ihr das Du angeboten hat und sie Tante Nina nennt, ebenfalls mit ihrem Kosenamen anzusprechen.

Browning ist in Jubelstimmung wie ein frisch Verliebter, ein Anbetender, ein rundum glücklicher Mann, und er muß sich aller Welt mitteilen. »Die Süße ihres Charakters! Es ist ein Vergnügen, dieselbe Luft wie sie zu atmen.« Mit tiefer, ernster Zärtlichkeit habe Robert sich bereit erklärt, den Boden unter ihren Füßen zu küssen, teilt Elizabeth den Schwestern mit. »Er sorgt für uns von morgens bis abends, nimmt Rücksicht auf jedermanns Gefühle, ist klug und lustig (und an passender Stelle närrisch), bezirzt mürrische alte Frauen, die sich in der Postkutsche beschweren – ›Madame, meine Beine!‹ – spricht Latein mit Priestern [...] und denkt an alle außer an sich selbst. Sollte jemals ein höheres Wesen mit einem Heiligenschein über dem Kopf auf Erden gewandelt sein, dann ist er ein solches Geschöpf.« Vermutlich wären die beiden verwundeten Seelen in der Wimpole Street auch mit etwas weniger Goldstaub zufrieden gewesen.

Von Avignon unternimmt die Gesellschaft eine Pilgerfahrt nach Vaucluse und zu der Quellgrotte der Sourge, wo Petrarca seiner unerreichbaren Laura in Liebessonetten gehuldigt hatte. Das Wasser »ergießt sich, kocht, schäumt über die Steine in den [...] Fluß, der grün und grüner zwischen ein paar kleinen Zypressen und Olivenbäumen davonzieht«. Dort rafft Mrs. Browning plötzlich ihre Röcke – »Ba, bist du noch gescheit!« – und balanciert über die schlüpfrigen Steine zu einem Felsen, der wie ein Thron aus dem schäumenden Wasser ragt. Er folgt ihr, nimmt sie auf die Arme und trägt sie zu dem Steinsitz. »Und so«, schreibt Mrs. Jameson gerührt, »nahmen Liebe und Dichtung erneut von dem Ort Besitz, den Petrarcas liebende Phantasie unsterblich gemacht hat.«

Flush möchte ebenfalls etwas beitragen. Er platscht hinterher, wird von Mr. Browning jedoch mehrfach zurückgewiesen, denn ein Spaniel ist einer zuviel in diesem romantischen Tableau aus Liebe und Dichtung. Schließlich hockt er am Ufer und jault, weil er seine Herrin in Gefahr wähnt.

Von Marseille nehmen sie den Dampfer über Genua nach Livorno und reisen mit dem Zug nach Pisa. Dort finden sie vier Zimmer im prächtigen Collegio di Ferdinando gegenüber der Kathedrale. »Wir haben unsere liebe Kranke in Sicherheit gebracht«, meldet Mrs. Jameson.

Anfang November trennen sich ihre Wege. Tante und Nichte reisen weiter nach Rom. Ein letztes Wort zu Browning, ehe Mrs. Jameson sich wieder ihren eigenen Sorgen widmen kann: »Er ist charmant, geistvoll und guter Laune, seine Selbstlosigkeit und die Gabe, das Beste aus allem zu machen, seine scharfe Intelligenz und viele andere gute Eigenschaften erheben ihn zum Prinzen unter den Reisegefährten. *Aber* (und es gibt immer ein *aber*) in allen anderen Dingen des Alltags ist er der unpraktischste und unorganisierteste aller Männer, voreilig, unbesonnen, kurzum der schlechteste *Manager*, der mir je begegnet ist. Und *sie* in ihrem gegenwärtigen Zustand, ist durch ihre lange Isolation nahezu hilflos – nun stellen Sie sich bitte die Menage vor, die daraus und UNFEHLBAR für beide entstehen wird.«

Glücklicherweise folgt noch ein PS: »Gerade bin ich EB begegnet – sie sieht wunderbar gesund aus, wenn man die ganzen Strapazen bedenkt, unter denen sie gelitten hat. Ihr Ehemann und ich haben sie so weit beeinflußt, daß sie aufgehört hat, diese Arzneien zu nehmen, von denen sie gelebt hat: Äther und Morphium, und ich bin voller Hoffnung.«[60]

XII

Entgegen Mrs. Jamesons Befürchtungen läßt sich die Menage der beiden gut an; vermutlich, weil sie sich keine gesellschaftlichen Verpflichtungen aufladen und das Leben gutsituierter Bohemiens führen können. Aus den Fenstern ihrer Wohnung im Collegio Ferdinando, einem Palazzo aus dem 16. Jahrhundert – vier Zimmer für fünfeinhalb Pfund im Monat, »wunderbar billig« –, sehen sie die Kathedrale, die Taufkirche und den Campanile, den schiefen Turm.

Robert führt gewissenhaft die Haushaltsbücher und vergleicht die italienischen mit den Londoner Preisen. Er ist hoch zufrieden. Erst nach Wochen sollte eine englische Dame aus der Nachbarschaft ihnen die Geheimnisse der italienischen Marktwirtschaft enthüllen und Wilson ein paar Tricks im Umgang mit den Fisch- und Gemüsehändlern zeigen. Bis dahin galten die Brownings als Fürsten, weil sie ihre Miete pünktlich und anstandslos zahlten und um keinen Salatkopf feilschten. Von den 150 Pfund, die sie einschließlich der Reise von London nach Italien im ersten halben Jahr ihrer Ehe ausgegeben hatten, hätten sie gut noch ein paar Schilling sparen können, errechnet Robert. Die amüsierte Mrs. Jameson erinnern die beiden an Kinder in einem Gedicht von Heine, die ins Hühnerhäuschen krochen und Haushalt spielten.

Mrs. Brownings einzige Pflicht besteht darin, morgens den Kaffee einzugießen. Das Mittagessen lassen sie aus einer Trattoria kommen: gebratene Drosseln, Hühnchen, Fisch und Chianti. »Stell Dir vor, wie ich (und Wilson) Chianti aus Bechern trinken. [...] Robert sorgt immer dafür, daß ich mehr trinke als er, schenkt nach, wenn ich nicht hinsehe, drängt und bittet mich, wenn ich ablehne. Ich war nie berühmt dafür, seinen Bitten zu widerstehen, deshalb ist mir nach dem Essen so schwindelig, daß ich sein Gesicht kaum noch erkennen kann. Dann werde ich geheißen, mich im Lehnstuhl auszustrecken, zu schlafen und den besten Nutzen aus der Lage zu ziehen.« Abends um sechs kommen dann noch einmal Kaffee und Milchbrötchen, später Trauben, Röstkastanien und Glühwein auf den Tisch. »Robert mästet mich!«

Die Weinkur schlägt gut an. Jeden Tag spazieren sie durch die »eigenartige, stille alte Stadt«, deren Blütezeit lange zurückliegt, zum Campo Santo oder zum Palazzo Lanfranchi, wo Byron einst residierte. Dort im Garten pflücken sie ein Lorbeerblatt, das Browning später zusammen mit einer Locke Elizabeths rahmen wird. Ende Oktober ist es in Pisa so warm wie in London im Juni. Über den Straßen ziehen sich Traubenspaliere hin; Orangen leuchten aus dem dunklen Laub. Wenn Elizabeth müde wird, rasten sie auf einer Steinbank und beobachten die Eidechsen: *guizza, anima mia dolce.* Auch Flush geht jeden Tag aus, »spricht italienisch mit den kleinen Hunden« und fängt sich Flöhe ein.

Vom Dichten ist nie die Rede; nie von Besuch. Sie meiden die Engländer: – »Liebste, Du wirst diese gräßliche, vulgäre Mrs. Trollope nicht einlassen!« – »Liebster, wenn sie einer einläßt, dann ist es Wilson, aber sei unbesorgt, ich will sie hier so wenig sehen wie Du.«

Ein italienischer Professor macht ihnen gelegentlich seine Aufwartung, aber im allgemeinen halten die Brownings wenig von den Italienern. Sie »stehen in der Sonne, aber nicht im Licht«, informiert Elizabeth ihre Schwester nach kurzem Aufenthalt. Italienische Autoren schrieben langweilige Romane, die Leute schnatterten respektlos in der Kirche, und die Pisaner ergäben sich gleichgültig dem Regime der Habsburger. Robert weigert sich, bei den wöchentlichen Empfängen des Gouverneurs zu erscheinen: Von ihm aus könnten der Regent und die Regierten zusammen aufgehängt werden. Erst im Jahr darauf, in Florenz, als das politische Fieber steigt, entdecken die Brownings ihr Herz für die Italiener.

Vorerst aber bleiben sie allein in ihren großen, kühlen Räumen. Sie tragen sich bei einer Leihbücherei ein, lesen französische Romane und Zeitungen, unternehmen Ausflüge zum Monte Pisani, ans Meer und in die Wälder, wo Byron und Shelley zusammen ausgeritten waren. Aber am liebsten rückt Robert seinen Stuhl neben den ihren und Hand in Hand lassen sie die Zeit einfach verstreichen. Er feiert nicht nur an jedem 12. des Monats ihren Hochzeitstag, sondern auch an jedem Samstag, und er wird nicht müde, ihr jeden Tag zu sagen, daß er sie liebe.

> Sag immer wieder und noch einmal sag,
> daß du mich liebst. Obwohl dies Wort vielleicht,
> so wiederholt, dem Lied des Kuckucks gleicht,
> wie du's empfandest: über Tal und Hag.[61]

Ein halbes Jahr dauert dieses tête à tête; schattenlos glücklich und manchmal ein bißchen albern: »Heute morgen, als wir nahe am Feuer und eng beieinander saßen bei Kaffee, Eiern und getoasteten Brötchen, sagte Robert plötzlich in unser Reden und Lachen hinein: ›Also, ich wünschte, Deine Schwestern könnten uns durch irgendein Schlüsselloch dieser Welt sehen!‹ ›Ja‹, antwortete ich, ›so lange sie uns durch dieses Schlüsselloch nicht auch noch hören könnten‹.«

Zu Hause, liest sie, sei der Vater gesellig geworden, gebe

Dinnergesellschaften in bester Laune, damit nur keiner auf den Gedanken komme, er gräme sich. Papa bleibt ihr Wermutstropfen im randvollen Becher des Glücks, und statt Abstand zu gewinnen, wird ihre Sehnsucht nach Vergebung mit der Zeit immer bohrender. Mit ihren Brüdern würde sie sich nicht versöhnen, solange diese Browning nicht akzeptierten. Für Mr. Barrett gelten keine solchen Bedingungen: »Er ist mein Vater; zu jeder Zeit würde ich seine Hände und Füße küssen. Er hat seine Eigenarten, deren Natur ich zutiefst beklage ...« *Aber* (und, wie Mrs. Jameson sagt, es gibt immer ein *aber*) wider jeden Augenschein klammert sie sich mit einem erstaunlichen Mangel an Einsicht und Selbsterhaltungstrieb an die Hoffnung, dieser Mann, der sie tot wünschte, werde sie eines Tages wieder in Gnaden aufnehmen.

Im Januar 1847 fällt Wilson plötzlich aus. Dr. Cook, der Arzt der englischen Residenten, diagnostiziert eine Magenverstimmung, hervorgerufen durch eine zurückliegende Seekrankheit und befördert von den starken Gewürzen im italienischen Essen. Er verschreibt Bettruhe und fünf Blutegel. Elizabeth lernt, allein zurechtzukommen, sich das Haar selbst aufzustecken, das Korsett selbst zu schnüren und – bemerkenswert, wozu der Mensch in der Lage ist – Haken und Ösen ihres Kleids im Rücken zu schließen. Außerdem versorgt sie Wilson mit heißem Waschwasser, Tee und Toast. In der Eile läuft sie mit bloßen Füßen über den kalten Steinfußboden. Robert ist entsetzt: Ob sie *ihn* umbringen wolle, indem sie ihr Leben aufs Spiel setze!

In ihrem vierzigsten Lebensjahr kennt Elizabeth ihren Körper nur als das Gefäß ihrer Krankheiten. Daß sie im fünften Monat schwanger ist, will sie erst glauben, als die Wehen einsetzen. Sechs Wochen lang hatte sie Schmerzen und Übelkeit mit der bewährten Medizin aus der blauen Phiole behandelt. Als auf Wilsons Verdacht Dr. Cook endlich hinzugezogen wird, schlägt sie dessen Verordnungen in den Wind. »Ich war vollkommen überzeugt, ja, ich wäre für diese Überzeugung auf dem Scheiterhaufen gestorben, daß ich mich lediglich erkältet hatte. So dumm, so dumm!« Sie liegt 24 Stunden in den Wehen. »Seid versichert, ich hatte schon schlimmere Schmerzen«, schreibt sie eine Woche danach an die Schwestern. »Als ich endlich verstand, was mit mir los war, war ich so wenig aufgeregt und furchtsam, wie gerade jetzt und habe alles so gut ertragen (ich meine mit so viel körperlicher Kraft), daß Wilson und Dr. Cook höchst erstaunt waren.«

Robert Browning erträgt ihre Fehlgeburt – die erste von vieren, die sie durchleidet – weniger gelassen. »Er warf sich in einem heftigen Tränenausbruch aufs Bett und schluchzte wie ein Kind – er, der doch sonst nicht so nah am Wasser gebaut hat«, fährt sie bemerkenswert gefaßt fort. »Es wäre besser gewesen, er hätte mich ordentlich gescholten, weil ich ihm diese Aufregung zugemutet hatte. Denn Dr. Cook sagt, wenn man ihn sechs Wochen früher konsultiert hätte, wäre alles gut verlaufen. [...] Das Morphium war im übrigen nicht schuld daran.« Das klingt eher nach Selbstdiagnose. »Zur Zeit bin ich also ein gehorsameres Weib als zuvor.«

Doch Robert Browning wollte gar kein gehorsames Weib. In einer kleinen Meinungsverschiedenheit über den Umgang mit Flush, so berichtet sie Henrietta, habe er zu ihr gesagt: »›Ba, ich wünschte, du würdest dies oder jenes nicht tun‹, worauf ich ganz zahm erwiderte: ›Gut, ich werd's nicht mehr tun.‹ Aber das wollte er überhaupt nicht hören und rief aus: ›Sag so etwas nicht zu mir, Ba!‹ – ›Was soll ich denn statt dessen sagen?‹ ›Sag, daß du tun wirst, was dir beliebt, solange es dir zu tun beliebt.‹«

Die glückliche Albernheit der Flitterwochen würde die Jahre nicht überstehen, aber ihre symbiotische Beziehung sollte sich vertiefen. »Ich bin in ihm; ich höre ihn atmen«, sagt Elizabeth. »Ba und ich kennen einander für alle Zeit, und ich möchte behaupten, auch für alle Ewigkeit«, sagt Robert. Zwei freie Geister ließen einander gewähren. Sie stritten sich, sie schenkten sich nichts. »Wir sind *toto coelo*[62] (oder eher *inferno*) völlig anderer Meinung, was die Klopfgeister betrifft. Wir zanken uns gelegentlich über Politik und schätzen den Charakter mancher Menschen verschieden ein, aber wir vertrauen einander.«[63]

»Du weißt, daß ich für mich selbst denken kann (ob es nun falsch oder richtig ist)«, schreibt Elizabeth einmal an Arabel, »und meinem Mann sage ich immer geradeaus die Wahrheit (soweit ich in der Lage bin, sie zu begreifen). Worüber wir uns immer vollkommen einig sind, sind gewisse Grundsätze, und deshalb ist das, was du ›unsere Streitereien‹ nennst, ein Teil unserer gegenseitigen Liebe und zwar ein sehr wichtiger Teil.«

Nach einem Winter in Pisa haben die Brownings gesehen, was es dort zu sehen gibt, und sie haben genug von dem Gedröhn der Kirchenglocken, das sie manchmal nachts um vier aus dem Schlaf reißt. Es ist Zeit, weiterzuziehen – sie wollen nach Rom. Mrs. Jameson hatte sie vor Florenz gewarnt, einem schauerlichen Klatschnest voller Engländer und Krawall. Deshalb wollen sie auf dem Weg in den Süden dort nur zwei Monate Station machen.

Im April 1847 verlassen sie Pisa ohne Bedauern. Aus dem Fenster der schwankenden Postkutsche sieht Elizabeth die Toskana mit ihren »weingeschmückten Ebenen«, den Kornfeldern, Olivenhainen, Pinienalleen und wehrhaften kleinen Städten auf den Hügeln vorüberziehen, aber die meiste Zeit liegt sie quer über Roberts Schoß, damit sie sich nicht wieder Knie und Ellenbogen wundstößt.

Es geht durch die Berge, nach Florenz, über den Arno und hinein ins Hôtel du Nord – auf seinen Armen, ein Ritual, das Browning offenbar gern vollzieht, ganz gleich, in welchem Zustand der Entkräftung seine Frau sich befindet. Elizabeth genießt es, aber sie kann auch darüber lachen, und wenn es nicht »that darling Robert« wäre, könnte sie auch anmerken, daß es nicht schön sei, mit anzusehen, wie »Männer die weibliche Schwäche ausnutzen, ja sie geradezu übertrieben, um sich mit ihrem männlichen Schutz wichtig zu tun. Ich kenne viele Frauen, die diese männliche Neigung ermutigen, indem sie ihre Schwäche herausstellen, und in meinen Augen ist dies ein schändliches Verhalten – auf beiden Seiten.«[64] Sie würde sich einfach Roberts Armen überlassen und nie mit ihren schwachen Beinen und ihrer kranken Lunge kokettieren. Was den Kopf betraf – der war ohnehin aus hartem Material.

Florenz ist viel schöner als Mrs. Jameson es beschrieben hat. »Bezaubernd ist die unschuldige Heiterkeit der Menschen hier, die immerfort zu feiern scheinen. Und auch das gibt es in London nicht: Die Reichen verbrüdern sich mit den Armen, wie wir es sonst gar nicht von ihnen kennen. Sie lauschen derselben Musik, sie spazieren in denselben Gärten und betrachten sogar dieselben Raffaels.«

Zwei Tage genießen sie die Ruhe, dann begibt Robert sich auf Wohnungssuche. Sie finden eine Wohnung mitten in der Stadt, nur wenige Schritte von all den Kunstschätzen entfernt, die zu sehen sie stark gelüstet. Und sie werden dort bis zu Elizabeths Tod bleiben.

XIII

Das Italien, in dem die Brownings 1846 seßhaft werden, ist keine Nation, sondern ein Land, dessen Teile von Kleinkönigen, Vasallen oder dem Papst regiert werden. Die Toskana gehört zu Österreich; ihr Regent, Großherzog Leopold II., gilt zwar nicht als großes Kirchenlicht, bedrückt sein Volk jedoch nur mäßig und lebt, freundlich bespöttelt und wohlgelitten, in Florenz.

Die Stadt mit ihrem großen architektonischen und intellektuellen Erbe hat seit je Künstler und Kunstliebhaber aus ganz Europa angezogen, das leichte Leben und die moderaten Kosten eine Schar von Glücksrittern und anderen Existenzen, die zu Hause vielleicht nicht den besten Eindruck hinterlassen hatten. Das größte Kontingent bilden die Briten. Viele sind aus dem Kolonialdienst kommend auf dem Weg von Indien zurück ins Mutterland hier hängengeblieben, weil sie die Sonne nicht mehr missen wollten, oder weil ihre Kinder lackschwarze Haare und einen olivefarbenen Teint haben. Die Damen der Anglo-Florentiner Gesellschaft empfangen auch Menschen, deren Herkunft, Konfession und Verhältnis zueinander etwas unklar sind und die in ihrem Salon in Mayfair vermutlich nicht aufgetaucht wären. Ansonsten bleibt man gerne unter sich. Es gibt eine englische Kirche, vier englische Ärzte und einen englischen Schneider.

Beliebt bei Ausländern wie Florentinern sind die Empfänge des Großherzogs im Palazzo Pitti. Sie dienen nicht nur der Sättigung, sondern auch der Vorratshaltung. Thomas Adolphus Trollope, der Bruder des Schriftstellers Anthony Trollope, Historiker, Autor von Reisebüchern und

Herausgeber der kurzlebigen englischen Zeitung *Tuscan Athanaeum*, schildert die Festlichkeiten:

»Die Engländer pflegten die Schalen mit den Bonbons in ihre Manteltaschen zu leeren; die Damen taten desgleichen in ihre Taschentücher. Doch die Lehnsleute des Großherzogs dehnten ihre Raubzüge in noch viel kühnerem Maße aus. Ich habe gesehen, wie große Portionen von Fisch mit Soße und allem in Zeitungspapier gewickelt in Taschen verschwanden. Ich habe Geflügel und Schinken ohne Zeitungswickel den gleichen Weg gehen sehen. Ich habe Geleespeisen gesehen, die in die Spitzentaschentücher italienischer Komtessen wanderten. [...] Die Großherzogin macht gelegentlich einen kleinen Rundgang durch die Säle, aber sie und der Großherzogs sind offenbar bestrebt, so wenig Aufmerksamkeit wie möglich zu erregen.«[65]

Die Brownings mieten sich möbliert in der Via delle Belle Donne ein, eine Wohnung mit deutlich mehr Komfort als das Quartier in Pisa. Hier trinken sie ihren Wein nicht mehr aus Bechern, sondern aus Gläsern und ihren Kaffee aus Tassen mit Untertassen. Außerdem gibt es Besteck, Geschirr, Bettwäsche, Sofas und Sessel mit Sprungfedern, sogar Karaffen und Champagnerkelche, und das alles für vier Pfund im Monat (was heute ungefähr dem Preis für einen Cappuccino auf der Piazza della Repubblica entspricht).

Das Paar sollte in Florenz noch öfter die Wohnung wechseln – mal sind die Räume zu schattig, mal die Decken zu niedrig –, bis sie schließlich in der Casa Guidi ihr Heim finden. Der vierstöckige Palazzo liegt als spitzes Eck an der Via Mazetta und der Via Maggio mit der Kirche San Felice im Rücken und einem kleinen Platz vor der Tür. Sie mieten sieben hochherrschaftliche Zimmer im Piano Nobile, von denen drei zu einer Terrasse mit eingetopften Orangenbäumen und Kamelien führen. Über die Rückseite zur Kirche San Felice hin öffnen sich Fenstertüren auf einen langen, schmalen Balkon. Dort spazieren sie in der Abendkühle auf und ab, ohne neugierige Blicke fürchten zu müssen, und lauschen der Orgel und dem Gesang hinter der Mauer. Von der Front fällt der Blick auf einen Teil des Palazzo Pitti und die dahinter liegenden Boboli-Gärten. Als Nachmieter eines russischen Prinzen haben sie dessen Möbel übernommen: Konsolen aus Marmor, riesige Spiegel und satinbezogene Polstermöbel.

Später sollten sie die hohen Räume im Geschmack ihrer Zeit einrichten, die das Ernste, das Erhabene und das reich Verzierte schätzte: geschnitztes und vergoldetes Meublement, Fransen, Schabracken und Gobelins, Büsten und Miniaturen, dunkle Heiligenbilder, die Robert bei einem Getreidehändler erbeuten konnte, acht Sofas, sechs Kommoden mit Einlegearbeiten aus Elfenbein, schwarze Stühle in gotischer Manier, ein von Amoretten getragener venezianischer Spiegel, Schränke und Tische für Bücher und Zeitschriften.

Browning, der in London noch die schlichten Bedürfnisse und das einfache Leben gepriesen hatte, gerät in Florenz in einen wahren Kaufrausch; um so erstaunlicher, da sich das Leben in Italien doch nicht durchgängig als spottbillig erweist. Wenn Elizabeths »Schiffsgeld« keine Dividenden bringt, wenn Honorarzahlungen nicht rechtzeitig eintreffen, müssen die Brownings eine geplante Reise aufschieben und sich ein wenig einschränken. An schönen Möbeln aber darf es im Dichterhaushalt nicht fehlen.

»Manchmal nenne ich ihn im Scherz einen Aristokraten«, gesteht Elizabeth der Schwester, »und ich rufe *à bas les aristocrats* – weil die äußerlichen Dinge ihm so wichtig sind. Vielleicht ist es der Schönheitssinn des Künstlers, der ihn treibt, aber ich muß mich darüber lustig machen. Was Häuser und Möbel, Pferde und Kutsche angeht, ist er nämlich so viel wählerischer als ich jemals war oder sein werde. Wenn ich dann über ihn lache, sagt er, es geschehe nur um meinetwillen.«

Anders als geplant, müssen sie sich auch nicht nur von Brot und Kartoffeln ernähren. Das Dinner – »Nudelsuppe, Truthahn (kein ganzer aber mindestens ein Drittel davon), Fisch (Stör), gekochtes Rindfleisch, Kartoffelpüree und Käsekuchen« zu zwei Schilling und acht Pence – wird wieder aus einer nahen Trattoria gebracht, die auch regelmäßig den Portwein für die Signora und den Tischwein für Signor Browning liefert (vier Pence die Flasche). Bei diesen Preisen können sie sich einen Flügel für Robert leisten, einschließlich der Noten für zehn Schilling im Monat.

In diesem Jahr 1847 gerät die italienische Politik in Bewegung. Ein neuer Papst, Pius IX., hatte sich im Jahr zuvor zu unerhörten Reformen verstiegen: Pressefreiheit und eine Amnestie für politische Gefangene. Auch in Florenz jubeln Menschen aller Nationalitäten und Konfessionen »Pio Nono« zu. In Pisa hatte Browning den neuen Papst einen »feinen Kerl« genannt und sich bei einem Freund in England um einen Posten im diplomatischen Dienst beworben, sollte sein Land erwägen, eine Delegation in den Kirchenstaat zu entsenden, der damals noch große Teile von Nord- und Mittelitalien umfaßte.

Nun ist ihm und Elizabeth der Mann nicht mehr ganz geheuer. Ein liberaler Papst – war das kein Widerspruch in sich? Sie würden recht behalten. Pius IX., der die Fenster nur ein wenig öffnen wollte, wurde am Ende vom *wind of change* davongeweht. »Er ist Papst – was wir brauchen, ist ein Mann!«[66] postuliert Mrs. Browning.

Der Frühling ist warm und lieblich. Sie geht zu Fuß und fühlt sich ganz gesund. Robert hält ihre Hochform, vermutlich nicht zu unrecht, für sein Verdienst. Arm in Arm spazieren sie durch die »schönste aller Städte, durch deren Brust der goldene Arno wie ein Pfeil schießt«. Kirchen und Palazzi spiegeln sich im Wasser, und über die aprikosenfarbenen Dächer sirren die Mauersegler im Kunstflug. In der Dämmerung rasten sie auf dem Domplatz und sprechen über Dante. Sie besuchen die Uffizien und fahren in den Parco delle Cascine aus. »Mir scheint, als ob die Luft in diesen Orten nicht nur in die Lungen eindringe, sondern auch ins Herz. Sie erregt, erleichtert und entrückt.«

Flush hat die feine englische Art weitgehend abgelegt und sucht »die Gesellschaft von kleinen Hunden mit hochgereckten Schwänzchen, von denen es in Florenz nur so wimmelt«. Halsband und Leine sind nicht mehr erforderlich, und auch wenn er einmal über Nacht fortbleibt, macht sich seine Herrin keine Sorgen. Florenz ist hundefängerfrei.

Als Ende Mai die Backofenhitze in der steinernen Stadt einsetzt, beginnt Elizabeth zu ermatten. Wilson schließt die Jalousien, Mr. Browning rückt den Lehnstuhl in den kühlsten Raum im Haus, sein Ankleidezimmer. Er spritzt Eau de Cologne in Elizabeths Hände und auf ihre Stirn und fächelt ihr zu, bis sich die Augen zur Siesta schließen.

Sie weichen in die Berge aus, in das Tal von Vallombrosa und zur dortigen Benediktinerabtei. Frauen sind im Kloster nicht geduldet. Man werde Robert aufnehmen und sie und Wilson »draußen mit den anderen unreinen Tieren« stehenlassen, vermutet Mrs. Browning. Aber Robert vertraut auf Empfehlungsschreiben und seine Sprachkenntnisse. Sie wollen zwei Monate bleiben.

»Oh, diese Berge!« schwärmt Elizabeth vom Aufstieg. »Als ob die ganze Welt nur aus Bergen bestünde! Diese Schluchten, schwarz, trotz der glitzernden Wasser auf ihrem Grund – diese Wälder und Felsen! Wir reisten in Korbschlitten, die von vier weißen Ochsen gezogen wurden, Wilson, ich und das Gepäck – und Robert ritt im Schritt nebenher. Wir brauchten vier Stunden für die fünf Meilen. Ich weiß nicht, ob am Ende Müdigkeit oder Entzücken überwogen.«

Doch Brownings Beredsamkeit fruchtet nichts. Nach fünf Tagen erklärt der Abt ihren Aufenthalt im Gästehaus des Klosters für beendet, und die ganze Chaise rutscht wieder zu Tal. Sie versuchen es am Meer, in Ancona, aber auch dort finden sie kein kühleres Plätzchen, leben eine Woche von Fisch und Wassermelonen. Hinter geschlossenen Läden liegt Elizabeth mit aufgelöstem Haar auf dem Sofa, »ohne Kleid, ohne Korsett, ohne Schuhe, ohne alles, nur in Unterrock und weißem Morgenmantel«, und es ist ihr gleich, ob irgendein Hausknecht sie in diesem Deshabillée sieht.

Die Zeit, da Männer und Frauen ihre unbekleideten Arme und Beine öffentlich machten, liegt noch undenkbar fern. Auf den Straßen tragen die Florentinerinnen schmetterlingsbunte Sommerkleider und schwenken glitzernde Fächer. Was trägt Mrs. Browning, wenn sie jetzt unter ihrem Parasol im offenen Wagen ausfährt? Seide? Musselin? Mr. Browning bevorzugt in der Damenmode dunkle, kräftige Farben, nicht »diese schwächlichen Töne von Blau, Rosa, Fliederfarben und Grün«. Auf den wenigen Fotos, die es von Elizabeth Barrett Browning gibt, sind ihre Kragen hoch geschlossen, die Röcke schwarz und die zu Korkenzieherlocken gedrehten Haare bedecken ihre Wangen.

Am 12. September 1847 jährt sich der Hochzeitstag der Brownings zum erstenmal, und als habe sich die ganze Toskana zusammengerottet, um sie zu feiern, bricht an diesem Tag auf der Straße ein wundervolles Spektakel los. Großherzog Leopold hat – den Reformen des Papstes folgend – gegen die österreichische Militärpräsenz eine eigene Bürgergarde aufgestellt, ein Schritt in Richtung Verfassung und Einheit Italiens, wie die begeisterten Florentiner annehmen.

»Über drei Stunden zog die Prozession mit ihren Flaggen und Bannern unter unseren Fenstern vorbei zur Piazza Pitti, wo der Großherzog und seine Familie – in Tränen – an einem Fenster des Palastes standen und den Dank des Volkes entgegennahmen. [...] Alle Klassen und Stände, Trupps von Bauern, Priestern und Adeligen, Soldaten, die sich mit den Menschen verbrüderten. Dann kamen die Ausländer, Franzosen, Engländer, Schweizer, Griechen (die edlen Griechen!), alle mit ihren Landesfahnen – die Fenster schienen immer größer zu werden; es waren so viele hübsche Köpfe, die herausschauten, und Hände, die Blumen warfen und weiße Taschentücher schwenkten. Sträuße und Lorbeerblätter gingen wie Regenschauer auf die Prozession nieder – dazu der Beifall, der Jubel, das tolle Geschrei und die Musik, die in Wellen aufbrandeten und, wie von Freude überwältigt, wieder vergingen, die Männer, die einander küßten, die eleganten Damen mitten in der aufgeregten Menge, deren Lächeln bedeutete, daß sie keinen Grund zur Furcht sahen. [...]

Man hatte mir auf einem Stuhl einen Thron aus Kissen errichtet. [...] Robert und ich winkten mit unseren Taschentüchern, bis die Handgelenke schmerzten. [...] Nachts gab es ein Feuerwerk, und wir gingen hinunter zum Arno.

Selbst zu dieser Stunde umarmten sich die Leute noch vor Freude. Es war wie ein Taumel, eine Tollheit, ein solches Entzücken, selbst für die kleinen Kinder. Ich hörte Zweijährige *Viva* lispeln, während sie ihre dicken Ärmchen um die Hälse ihrer Mütter schlangen.«[67]

Zwei Jahre zuvor hatte Elizabeth noch ihre Unkenntnis der Welt und ihre Blindheit als Dichterin beklagt. Gerne wollte sie damals ihr angelesenes Wissen gegen ein paar Lebenserfahrungen eintauschen. Nun steht sie mitten in diesem Volksfest – oder zumindest am Rand, am Fenster. *Casa Guidi Windows* heißt das große Gedicht in zwei Kapiteln, das sie über Italiens Kampf um Freiheit und Einheit schreibt. Darin habe sie als Zeitzeugin »keine fortlaufende Handlung oder Entwicklung einer politischen Philosophie angestrebt«, schreibt sie im Vorwort. »Es ist die einfache Geschichte meiner persönlichen Eindrücke, deren einziger Wert in der Stärke liegt, mit der sie empfangen wurden und die meine herzliche Zuneigung zu einem schönen und unglücklichen Land kundtun soll.« Kritiker haben der Autorin seither vorgeworfen, ihr Blick aus dem Fenster habe die Komplexität der politischen Vorgänge nicht erfaßt, aber die Florentiner wußten ihr zu danken. Eine Tafel an der Casa Guidi würdigt Elizabeth Barrett Browning heute als die Dichterin, »in deren Frauenherz Gelehrsamkeit mit Poesie gleichermaßen lebendig waren, und die aus ihren Versen einen goldenen Ring schmiedete, der Italien und England verbindet«.

I heard last night a little child go singing
›Neath Casa Guidi Windows, by the church‹,
›O bella libertà, O bella!‹ ...

Robert, der die neue Zivilgarde in blitzenden Helmen und goldenen Epauletten vor dem Palazzo Pitti paradieren sieht, ist skeptischer. »Werden sie ihre Musketen auch einmal abfeuern?« Europa steht vor dem Revolutionsjahr 1848, in dem alte Ordnungen stürzen – und sich wieder aufrappeln. In Italien entstehen Republiken, die nach wenigen Monaten hinweggefegt werden. Im Februar 1848 stimmt Leopold II. der Einberufung einer verfassunggebenden Versammlung in Florenz zu – noch einmal ist Gelegenheit für freudigen Krawall, Musik und Fackelzug.

Im März wird in Paris das marode Regime des Bürgerkönigs Louis Philippe gestürzt, und das revolutionäre Feuer breitet sich im Deutschen Bund bis nach Preußen, Posen, Ungarn und Österreich aus. Die Brownings, »Republikaner von Beruf«, verfolgen dennoch »mit großen Bedenken, ja, mit Schmerz, was die Theoretiker in Paris zur Zeit planen und in Taten umsetzen wollen«. Deren Ideen flögen wie Raketen in den Himmel und fielen als Asche auf die Köpfe des Volkes zurück. Eine Verfassung war natürlich wünschenswert, aber »alles, was zur sozialen Gleichstellung aller Klassen beiträgt, ist absurd und schändlich und führt in letzter Konsequenz zur Unterdrückung«.[68]

Im März erheben sich Venetien und die Lombardei gegen Österreich. Leopold II. schickt Truppen zur Unterstützung der italienischen Landsleute. Die vorsichtigen Engländer verlassen Florenz. Die Immobilienpreise sinken. Die Brownings bleiben und kaufen die Casa Guidi. Zu Wilsons Entlastung stellen sie einen Hausdiener – Alessandro – ein, der auch als Koch waltet und sich als ein Meister in Sachen Fleischpasteten, Brot- und Butterpudding und gedünsteten Apfelklößen erweist. Lily Wilson kann sich unter Alessandros Vorherrschaft im Haus ihren eigenen Herzensangelegenheiten widmen. Sie hat sich in einen Signor Righi, einen stattlichen Herrn aus der großherzoglichen Garde verliebt, »alle hochachtbare und moralisch untadelige Männer, und manche sechs Fuß groß«. Sie trägt einen Ring und lernt Italienisch. Leider erweist sich Signor Righi nicht als achtbarer Mann, und Browning meldet bald darauf: »Der treulose Righi hat sich aus seinem Verlöbnis mit Wilson davongestohlen.« Lily Wilson steht also wieder ganz zur Verfügung ihrer Herrschaft, bald mehr Freundin und Vertraute als Zofe, und dem Baby, das sich im Herbst 1848 ankündigt, eine ergebene Kinderfrau.

Auf der politischen Bühne hat der Papst inzwischen den Krieg gegen das katholische Österreich untersagt und droht, den Großherzog zu exkommunizieren, falls er eine verfassunggebende Versammlung einberufen sollte. In dieser Situation scheint der Mann im Palazzo Pitti fast erleichtert, als er im Februar 1849 von republikanischen Kräften abgesetzt wird und ins Exil verschwinden kann. Auch der Papst gerät in Bedrängnis. Er flieht nach Neapel in den Schutz des Erzreaktionärs Ferdinand II., König beider Sizilien. »Der arme Papst«, schreibt Elizabeth. »Er ist ein schwacher Mensch mit edlen und uneigennützigen Absichten.«

In Rom rufen die Radikaldemokraten unter Giuseppe Mazzini die römische Republik aus. Fünf Monate später wird sie von den Invasionstruppen Louis Napoleons wieder abgeschafft. Elizabeth, die es mit Mazzini und seinem Heerführer Garibaldi hält, unterstellt Louis Napoleon gleichwohl plausible Gründe und lautere Absichten für den Einmarsch. Sie schätzt den gewählten Präsidenten der Franzosen als einen der klügsten Staatslenker in Europa. Robert teilt nicht ganz ihre Meinung.

Nach der Schlacht von Novara im März 1849 fällt die Toskana wieder in österreichische Hand, und in Florenz hat die Bürgergarde Gelegenheit, ihre Musketen auf die Republikaner abzufeuern. Im Mai kehrt Leopold II. unter der alten Schutzmacht zurück – grüßt sein Volk in der Uniform der toskanischen Zivilgarde – und das Getöse auf den Straßen beginnt aufs neue. »Dieselbe Melodie, nach der *Viva la repubblica* unter dem Fenster gesungen wurde, erklingt nun zu *Viva Leopoldo*«, schreibt die konsternierte Elizabeth.[69] Beim nächsten Opernball tritt der Heimkehrer in österreichischem Uniformtuch auf, wie es die Mode und die herrschende politische Situation opportun erscheinen lassen. Er hatte sein Wort gegeben, die neue Verfassung zu achten, zieht sein Versprechen jedoch bald darauf zurück.

»Ich habe den Großherzog aufgegeben – so wie Robert es schon vor langem getan hat. Als er ging, vergoß ich ein paar Tränen, aber bei seiner Rückkehr hätte ich vor Wut weinen können.« Sie weint nicht nur als Republikanerin über den »Verräter«, sondern auch als Frau, die »die königlichen Schwüre ernst nahm«, wie sie in *Casa Guidi Windows* schreibt. Der »gute Großherzog«, der bei der Vereidigung auf die Verfassung seine Kinder geküßt hatte – und vermutlich tat er es nicht einmal aus Kalkül –, hatte sie auch moralisch enttäuscht.

> I saw the man among his little sons,
> His lips were warm with kisses while he swore, –
> And I because I am a woman, I,
> Who felt my own child's coming life before
> The prescience of my soul, and held faith high, –
> I could not bear to think, whoever bore,
> That lips, so warm, could shape so cold a lie.[70]

Anfang März 1848 hatte Elizabeth eine Fehlgeburt erlitten. Der Arzt führte sie auf den regelmäßigen Portweingenuß zurück, Robert auf die Aufregung »übermäßigen Briefeschreibens«. »Vielleicht sind Kinder *den* Frauen vorbehalten, die keinen Mann haben wie ich den meinen«, ergibt sie sich in das offenbar Unvermeidliche. Doch bald darauf ist sie wieder schwanger und nimmt sich vor Portwein, Morphium und Aufregungen in acht. Das Baby kommt am 9. März 1849 zur Welt, drei Tage nach ihrem 43. Geburtstag, ein kräftiger, gesunder Junge. Robert sitzt bei ihr, wenn die Hebamme es erlaubt, und hält ihre Hand. »Als ich seinen ersten Schrei hörte, erfüllte mich ein solches Entzükken«, schreibt Elizabeth an Arabel. »Obwohl ich müde und von der langen Pein erschöpft war, fühlte ich eine Art Ekstase. Nicht nur vergaß ich meine Schmerzen, ich schlug auch meine Hände zusammen, umklammerte sie und schrie laut auf.« Das Wunder ist nicht nur, daß dieser zerbrechliche Frauenkörper überhaupt ein Kind ausgetragen hat – wie die Hebamme Wilson zuraunt –, sondern daß die Haut des Neugeborenen »ohne Makel ist und rein wie eine Blume«.

XIV

»Wir sind so glücklich wie zwei Eulen in ihrem Loch oder zwei Kröten unter einem Baumstumpf«, schreibt Robert aus Florenz. Auf ihre innige Beziehung ist noch kein Schatten gefallen. Jeder Brief spricht von vollkommener Harmonie und gegenseitiger Bewunderung, die geradezu wettbewerbsartige Züge annimmt. »Sie waren so ganz verschieden«, schreibt eine Freundin. »Er so energisch, gesprächig, impulsiv, heftig gestikulierend und sich freudig in jede Diskussion stürzend. Sie so still, ein wenig stolz und ein wenig amüsiert«, wenn er allzu nachdrücklich wurde. »Sie glich einem King Charles Spaniel; dieselben großen, sanften Augen, die dichten seidigen Locken, die wie die Ohren eines Spaniels um ihr Gesicht fielen, derselbe rührend-schüchterne Ausdruck. Ihr Mund war zu groß, um schön zu sein, aber voll ausdrucksvoller Linien und Bewegung.«[71]

Der Preis, den Browning für das häusliche Glück zahlt, ist das Versiegen seiner poetischen Kraft. Während Elizabeth an ihrem Versepos *Casa Guidi Windows* arbeitet, revidiert er seine alten Gedichte, schreibt aber kaum etwas Neues. Bald würde er Vater sein und noch immer nicht in der Lage, seine Familie zu ernähren. Man liest von seinem rastlosen Gerenne durch das brütend heiße Florenz, nach besseren Wohnungen, nach Möbeln und Bildern, vom Feilschen mit Vermietern, von Umzügen, Reisen und seiner nie erlahmenden Sorge um das Wohlbefinden seiner Frau.

So ein Mann durfte nicht selbst krank werden. Doch einer Sommergrippe folgt ein vereiterter Hals. Browning weigert sich, einen Arzt zu rufen, liegt apathisch und mit hohem Fieber auf seinem Bett. Elizabeth fühlt sich einsam und gestrandet und »leidet unter Anfällen von höchst unchristlicher Laune«. Im vierten Monat schwanger, war sie aus ihrem Schaukelstuhl gestürzt und hatte sich die Stirn aufgeschlagen. »Das ist das Ergebnis, wenn man aus Angst vor Erschütterungen und Anstrengungen monatelang das Haus hütet! Man fällt aus seinem Sessel in die Arme des Schicksals.«[72] Sie hoffte, daß sie nur eine Beule und Kopfschmerzen davontragen würde, aber der Schreck war ihr in die Glieder gefahren. »Das hätte mir zu keiner unpassenderen Zeit zustoßen können. Niemand war jemals glücklicher und unglücklicher in seinem Leben als ich – seine Strähnen sind schwarz und weiß verwoben.« Während der Schwangerschaft hat sie sich ihres Gifts aus der blauen Phiole enthalten, das ihr sonst die nötige Gelassenheit schenkt. Die Nerven liegen blank.

In diese häusliche Krise platzt ein alter Bekannter, Francis Sylvester Mahony, zu seiner Zeit besser bekannt unter seinem Pseudonym Father Prout. Der Mann aus Cork, der sich selbst eine mit Meersalz gewürzte irische Kartoffel nennt, ist ein abgefallener Jesuit, Dichter und Journalist, ein jovialer Trinker und arges Schandmaul. Zur jener Zeit arbeitet er in Rom als Korrespondent von Charles Dickens' *Daily News*, und auf sonderbare Weise kreuzt er immer wieder ihre Spur. Mit wem stößt Browning in London zusammen, als er einen Paß für Italien beantragt? Father Prout. Wer lehnt sich in Livorno übers Hafengeländer, als das Paar ankommt? Father Prout. Wer begegnet Robert in Florenz und küßt ihn auf offener Straße auf den Mund? Gütiger Himmel, nicht schon wieder – o doch, Father Prout!

Nun hat er Wilson umgangen und sieht sich in den prachtvollen Räumen einer Hausherrin mit einer Beule am Kopf und einem kranken Dichter gegenüber. Er erkennt: Der Mann braucht eine Arznei und das Frauchen eine kleine Aufmunterung. Mahony begibt sich in die Küche, schiebt den augenrollenden Bedenkenträger Alessandro (»O Inglesi, Inglesi!«) beiseite und mixt »mit seinen eigenen freundlichen Händen« – so Elizabeth – eine Medizin aus Portwein und rohen Eiern, die den Kranken wieder auf die Beine bringt. Elizabeth ist Father Prout »unendlich dankbar«.

Aus seinem Samariterdienst leitet dieser allerdings das Recht ab, während der sechs Wochen, die er in Florenz weilt, täglich in der Casa Guidi zu erscheinen. Browning findet den ungläubigen Priester sehr amüsant; seine Frau ist eher befremdet von den Lachsalven, die aus dem großrahmigen Mann brechen und das Priestergewand wogen lassen. Eine solche heftige Heiterkeit gezieme doch eher dem Laienstand!

Mahony hat zu allem eine Meinung und kennt über jeden einen Witz – von den italienischen Politikern und Kirchenmännern bis zu sämtlichen gemeinsamen Bekannten –, und er äußert sich ohne mildernde Umstände. »Er kam, um zu helfen, und er blieb, um zu reden,« seufzt die Hausherrin. Kaum hat er Platz genommen, ruft Father Prout nach Wein, entzündet seine Zigarre und nutzt eins ihrer antiken Gefäße als Spucknapf. »Ich liege auf dem Sofa, höre zu und lasse mich Ba nennen, [...] und wenn er gegangen ist, gibt es einen Aufschrei der Empörung, Türen und Fenster werden aufgerissen, um seinen Qualm und seine Heimtücke auszulüften,« berichtet sie Henrietta. »Ich glaube, trotz seines Zynismus, den er bei jeder Gelegenheit ausbreitet, hat er im Grunde ein freundliches Herz. Das Unangenehme ist sein Mangel an Feingefühl, [...] der ihn natürlich daran hindert einzusehen, daß die Regelmäßigkeit seiner abendlichen Besuche einen Exzeß darstellt – um das mindeste zu sagen.«[73] Als Father Prout abreist, verspricht er, wiederzukommen, aber die Brownings scheinen Maßnahmen getroffen zu haben, ihn nicht so bald wieder empfangen zu müssen.

Als Robert Browning im März 1849 bei seinen Freunden in Florenz die Karten mit der Geburtsanzeige seines Sohnes abgibt, läuft er nicht von Tür zu Tür, er tanzt. Eine Haarsträhne vom Kopf des Kleinen schickt er an die Eltern nach London. Doch niemals, schreibt Elizabeth, sei ein Mensch aus einer solchen Hochstimmung in solch tiefes Elend gestürzt worden, und die Gefühle drohen ihn zu zerreißen. Seine Mutter ist wenige Tage nach der Geburt ihres Enkels gestorben. Seit Barrett und Browning England vor drei Jahren verlassen haben, hat er sie nicht mehr gesehen, und doch sei kein Tag vergangen, an dem er nicht von ihr gesprochen habe. Als Elizabeth Wochen später vorschlägt, nach London zu fahren, lehnt er ab. Er könne den Anblick ihres Gartens nicht ertragen, jetzt, da die Rosen in voller Blüte über der Mauer rankten und die Stelle leer sei, wo seine Mutter ihre Handschuhe und Schere hinzulegen pflegte.

Das Neugeborene wird von einer mächtigen Amme gestillt, »aus der man zwanzig Bas schneidern könnte – freundlich und intelligent trotz ihrer dicken Backen, die ihr aus dem Gesicht quellen, wenn sie sich niederbeugt«. Die Mutter traut sich kaum, das Baby anzufassen – »ich weise die Unterstellung zurück, ich würde es am Kopf tragen«. Sicherheitshalber übernimmt der Vater das Wickeln und Baden und trägt seinen Sohn auf der Terrasse zwischen den Orangen- und Granatapfelbäumchen spazieren. Doch Elizabeth spürt, daß seine Trauer ihn wie eine dichte Hülle umgibt und er mit dem Herzen nicht ganz dabei ist. So macht sie ihm den Vorschlag, dem Kind den deutschen Mädchennamen seiner Mutter – Wiedemann – zu geben, und Robert, der von dem Gedanken besessen ist, noch etwas zu tun, was ihr gefallen hätte, fühlt sich getröstet. Als Robert Wiedemann Barrett Browning wird das Baby im Juli in der französischen protestantischen Kirche getauft. Seine Eltern nennen den Kleinen Wiedeman, bis er selbst einen Namen für sich erfindet: Penini, oder kurz Pen.

In diesem Sommer verkehren sich die Rollen der Brownings. Roberts Kräfte scheinen aufgezehrt. Er, der sich immer ausgezeichneter Gesundheit gerühmt hat, ist dünn und hager geworden. Portwein und Eier und die vielen Tassen »guten, starken Kaffees« helfen nicht mehr. Elizabeth findet ihn in seinem Arbeitszimmer, reglos, versunken, oft in Tränen. Er kann nicht arbeiten und nicht schlafen. Im 19. Jahrhundert sprach man von »blauen Teufeln«, wenn ein Mensch aus seiner Verdüsterung nicht mehr herausfand. Heute würde man es wohl eine Depression nennen.

So überredet Elizabeth ihn zu einer Sommerfrische in Bagni di Lucca, wo er es als seine »Pflicht« erachtet, »mir Bewegung zu verschaffen, zu versuchen, mich zu amüsieren und meine Lebensgeister wiederzugewinnen«. Auch Flush, der mit Wiedemans Erscheinen melancholisch geworden war, kommt langsam wieder zu sich und schickt sich in die Existenz des neuen Hausgenossen, der versucht, auf seinen Rücken zu krabbeln. Der Familientroß – inzwischen gehören neben Wilson auch der Diener und Koch Alessandro und die Amme dazu – rumpelt in der Kutsche durch die Berge, und während sich Elizabeth von den dunklen Kastanienwäldern, den Schluchten und Sturzbächen überwältigen läßt[74] und das Baby schlummert, hält Flush »das Ganze der Betrachtung nicht für wert – er empfand äußerste Verachtung für Bäume und Hügel oder irgend etwas dieser Art«, und erst als Häuser und Menschen an den Fenstern vorbeikamen, »traten ihm die Augen vor Eifer aus dem Kopf; er schaute nach Osten, er schaute nach Westen, man hätte meinen können, er mache sich Notizen oder bereite sie jedenfalls vor.«[75]

Sie nehmen Quartier in einer Villa am Berg, einem »Adlerhorst«, zu dem nur Maultiere und Sänftenträger den Weg erkraxeln. Im Garten entspringt eine der warmen Quellen, deren wohltuende Wirkung zusammen mit allerlei munterem Treiben Bagni di Lucca zu einem Modeort für die ambulierende europäische Spaßgesellschaft des 19. Jahrhunderts gemacht hat. Browning hatte befürchtet, ein »Wespennest voll Klatsch und Glücksspiel« vorzufinden, »in dem alles von kontinentalreisenden Engländern plattgetreten wird«, aber in dem kriegerischen Sommer von 1849 sind die meisten Touristen zu Hause geblieben. Die Brownings wenden sich über Saumpfade bergauf. Das Baby reitet bei der Amme mit. Nach dem Picknick wird es auf Elizabeths Schal gesetzt und darf auf der Wiese herumkollern. Es hat gerade seinen ersten Zahn bekommen. »Seit der Geburt des Kindes bin ich immer kräftiger geworden, und manchmal erscheint es mir wie ein Traum, daß ich in der Lage bin, mit Robert auf die Berge zu steigen und mich mit ihm im Wald zu verlaufen.«[76]

Aber sie hat noch etwas anderes für ihn, das ihm wieder Zuversicht geben soll. Als er eines Morgens am Fenster steht, drückt sie ihm ein Manuskript in die Hand. »Weißt du, daß ich einmal Gedichte über *dich* geschrieben habe? Hier sind sie – falls du sie lesen möchtest.« Es sind 44 Sonette, entstanden in der Zeit seiner Werbung um sie. Das letzte hatte sie zwei Tage vor der Hochzeit geschrieben. Die

Zeilen sprechen von ihrer Rettung durch die Liebe, dem ersten Kuß und all den kleinen Dingen, die auch er nicht vergessen hat: seinen Blumen, ihrer Locke, ihrem Kosenamen. Browning ist sehr bewegt. Er meint, schönere Sonette seien seit Shakespeare nicht mehr geschrieben worden, und er drängt auf eine Veröffentlichung. Um ihren persönlichen Charakter zu verschleiern, werden sie drei Jahre später in der revidierten Ausgabe ihrer *Poems* unter dem Titel *Sonnets from the Portuguese* erscheinen, als handle es sich um die Fortsetzung des Gedichts *Catarina to Camoens*, das Elizabeth den Sonetten voranstellt. Darin nimmt die sterbende Catarina Abschied von ihrem entfernten Geliebten, dem portugiesischen Dichter Camões. Browning kannte dieses Gedicht, noch bevor er Elizabeth zum erstenmal getroffen hatte, und es rührt ihn bei jeder Lektüre wieder zu Tränen. So vergleicht er »in einer verliebten Laune« Elizabeth gern mit Catarina, der »kleinen Portugiesin«.

Das englische Publikum allerdings durchschaut diesen Trick. Es erkennt in der Portugiesin Miss Barrett und liest die Gedichte als Enthüllungsgeschichte der Liebe zwischen Barrett und Browning, von ihrer tastenden Annäherung bis zu Elizabeths Geständnis aus vollem Herzen, dessen erste Zeilen man in England noch zitieren wird, wenn alle ihre ernsten und pathetischen Versepen vergessen sein werden.

> Wie ich dich liebe? Laß mich zählen wie.
> Ich liebe dich so tief, so hoch, so weit,
> als meine Seele blindlings reicht, wenn sie
> ihr Dasein abfühlt und die Ewigkeit.

Vielleicht ist es auch der unbeschwerte junge Wiedeman, der seinen Vater langsam aus seiner Melancholie herausführt. Er kann sich schon an einem Erwachsenenfinger hochziehen; er kreischt begeistert beim Anblick einer wippenden Pferdemähne; er tritt Flush. »Ist es nicht wunderbar, daß sich ausgerechnet mein Baby durch Kraft und Rundlichkeit auszeichnet?« staunt Elizabeth. Die Eltern sind uneins über seine bilinguale Erziehung. Elizabeth und die Amme sprechen Italienisch mit dem Kind; Robert möchte eher einen kleinen Engländer aufziehen, aber Wiedeman versteht nur Italienisch.

Die Frage, was das Kind lernen und wie es aufwachsen soll, wird in den kommenden Jahren zu Meinungsverschiedenheiten zwischen seinen Eltern führen, von denen Wiedeman nicht profitieren sollte. Seine Mutter, die halbe Tage damit verbringen kann, ihren Sohn zu bewundern, wird in ihm immer den kleinen Elf sehen; sein Vater den Jungen, der es einmal mit der Welt aushalten muß. Er spricht weiter Englisch mit Wiedeman, der auf die Frage nach seiner Nationalität in der Regel jedoch mit »iano« antwortet, und Elizabeth wird niemals müde, allen Freunden und Verwandten sein »Baby-lonisch«, sein drolliges englisch-italienisches Gelispel zu überliefern.

1850 heiratet Henrietta Barrett mit einundvierzig Captain William Surtees Cook, der jahrelang in der Wimpole Street ein- und ausgegangen war und treu um sie geworben hatte. Als der Bräutigam den Vater förmlich um ihre Hand bittet, kommt dessen Antwort prompt und vorhersehbar. »Wenn Henrietta heiratet, wird sie dieses Haus nie wieder betreten.« Der Tochter schreibt er, ihr Verhalten stelle »eine Unverschämtheit« dar. Ihr Name darf nie wieder in seiner Gegenwart erwähnt werden.

Fünf Jahre später besitzt sein jüngster Sohn Alfred die Kühnheit, seine dreizehn Jahre jüngere Cousine Lizzie heiraten zu wollen, die als kleines Mädchen im Haushalt der Barretts gelebt hatte. Auch Alfred und Lizzie hatten einander lange heimlich versprochen. Neun Tage vor der Hochzeit schreibt der Sohn an den alten Bussard in der Wimpole Street, erhält keine Antwort, nimmt Lizzie zur Frau und wird enterbt. Sein Name darf nie wieder ... aber das hatte er bereits geahnt.

XV

Als William Wordsworth im April 1850 stirbt, wird der Posten des Poet Laureate, des offiziellen Hofdichters, vakant. Mit diesem Titel hat Mr. Barrett einmal seine kleine Tochter ausgezeichnet: der Poet Laureate von Hope End. Aber im Vereinigten Königreich hatte noch nie eine Frau den Lorbeerkranz des Ehrendichters getragen (und sollte es auch weitere 160 Jahre lang nicht tun).

Auch an Elizabeth Barrett Browning geht er vorbei, um Alfred Tennysons Stirn zu zieren. Allein, daß sie von der Zeitschrift *Athanaeum* vorgeschlagen wird (Robert Brownings Name erscheint nicht einmal auf der Liste), zeugt von ihrem Status als der bedeutendsten Dichterin englischer Sprache. Die *Sonnets from the Portuguese* mehren diesen Ruhm, und wer die Autorin bisher noch nicht kannte, weil er keine Gedichte las, den drängt es nun, wenigstens die Heldin dieser Romanze kennenzulernen.

Besucher aus Europa und Übersee sollten in den kommenden Jahren in der Casa Guidi vorsprechen: Nathaniel Hawthorne und Harriet Beecher Stowe aus Amerika, Hans Christian Andersen aus Kopenhagen, Goethes Enkel aus Weimar, Edward Lytton, der Sohn des viktorianischen Großschriftstellers Edward Bulwer Lytton, amerikanische Maler und Bildhauer, auch jede Menge Schwätzer aller Zungen, jedoch bemerkenswert wenige Italiener. Denn obwohl Elizabeths herzliche Zuneigung diesem schönen und unglücklichen Land gilt, vermißt sie bei dessen Bürgern eine gewisse Charakterfestigkeit. Sie glaubt, »Österreichs Metternich / kann kein Joch auflegen, wenn nicht der Nacken willig ist«.[77]

Die lebenszugewandten Florentiner, die ihr so gut gefallen hatten, beginnen in ihrer Achtung zu sinken. Sie seien wie alle einfältigen Südländer mit Musik und Kirmes ruhigzustellen – politische Ausdrucksformen, denen sie im ersten Jahr der Bürgerrechtsbewegung noch zugewinkt hatte, bis die Handgelenke schmerzten. Heute würde wohl kein Autor, der gedruckt werden möchte, mehr wagen, wie Barrett Browning über »diese Öl-Esser mit den großen, beweglichen Mündern, / die sie nach Makkaroni aufsperren«[78] vom Leder zu ziehen.

Zu ihrem engeren Freundeskreis in Florenz gehört Isa Blagden, Autorin inzwischen vergessener Romane und Gedichte, nach Brownings Worten »eine gescheite, zarte, elektrisierende Frau«, deren Mutter, wie man munkelt, eine Hindu-Prinzessin war. Die kleine Frau mit den schwarzen Augen und den Rabenflügelhaaren führt in ihrer Villa auf den Anhöhen von Bellosguardo einen Salon, der kaum weniger glanzvoll ist als der von Frances Trollope, die an ihren jours fixes die feine Florentiner Gesellschaft empfängt.

Mit dieser »gräßlichen vulgären Frau«, einer ungemein produktiven Schriftstellerin und alten Freundin von Mary Mitford, wollte Robert Browning schon in Pisa nicht auf demselben Sofa sitzen, weil sie »gewisse Bücher« geschrieben hatte, »in denen liberale Institutionen und Victor Hugos Gedichte geschmäht wurden«. Mrs. T. erscheint jedoch mit ihrer Tochter in der Casa Guidi und wird von der Hausherrin als gar nicht so übel empfunden.

»Besser als ihre Bücher und ihre Ansichten« ist auch die amerikanische Feministin und radikale Republikanerin Margaret Fuller. Während der Belagerung Roms durch die Franzosen hatte sie als Krankenschwester in einem Lazarett gearbeitet und sich in einen italienischen Offizier, den Grafen

Ossoli, verliebt. Daß sie nun als Gräfin Ossoli und Mutter eines kleinen Sohns in Florenz auftaucht, überrascht ihre Bekannten, denn Miss Fuller – nach Edith Sitwells Worten »eine keusche, leidenschaftliche und von hohen Grundsätzen erfüllte Frau« – war weder jung noch hübsch, und ihr italienischer Ehemann ist weder an Frauenrechten noch an Literatur interessiert. Er verfügt jedoch über die gewinnende Qualität, ein guter Zuhörer zu sein, wie Elizabeth wohlwollend bemerkt. Vielleicht ist ihr die Gräfin Ossoli trotz ihrer wilden Ideen deshalb sympathisch, weil auch sie ihr privates Glück so spät gefunden hat.

Bevor die Familie Florenz verläßt, um nach Amerika weiterzureisen, machen sie einen letzten Besuch. »Unser Schiff heißt *Elizabeth*«, soll die Gräfin Ossoli gesagt haben, »ich nehme es als gutes Omen«, und sie schenkt Wiedeman eine Bibel mit einer Widmung ihres kleinen Sohnes. Wenige Wochen darauf sinkt die *Elizabeth* in Sichtweite der amerikanischen Küste. Robert Browning versucht, seiner Frau die schlimme Nachricht vorzuenthalten. Der Tod im Meer rührt noch immer an das traumatische Geschehen vor zehn Jahren in Torquay, als Bro ertrank und »die Pfeilspitze des Schmerzes zu tief in mein Leben eindrang, als daß sie je wieder ganz herausgezogen werden könnte«.[79]

Den Sommer 1850 planen die Brownings, in Rom oder Paris zu verbringen, aber im Juli erleidet Elizabeth eine weitere Fehlgeburt, an der sie fast verblutet. »Viermal ein solches Unglück – außer der Ankunft unseres Babys – ist eine schwere Belastung für einen so zarten Körper wie den ihren«, schreibt Browning an John Kenyon. Wieder sitzt er die ganze Nacht an ihrem Bett und schaut in das »geduldige kleine weiße Gesicht. Sie kann lächeln, aber kaum sprechen.«

Danach ist Elizabeth sechs Wochen lang nicht in der Lage, ohne Stütze zu gehen. Der Arzt verschreibt Luftveränderung, und die Brownings reisen nach Siena. Robert trägt seine Frau wieder die Treppe hinab, ins Eisenbahnabteil und über die Schwelle der gemieteten Villa auf einem Hügel außerhalb der Stadt. Sie liegt zwischen Olivenbäumen, Obsthainen, Weinbergen und schattigen Heckenwegen, die sie an England erinnern. Wiedeman macht dort die Bekanntschaft eines Esels, eines Schweins und eines gelben Hundes, obwohl er als Stadtkind die Unterhaltung durch eine Militärkapelle vorzieht, und sei es eine österreichische. Im Oktober haben sie sich so sehr an die Stille und die gute Landluft gewöhnt, daß sie mit Bedauern von der kleinen Villa und dem Schwein scheiden.

Trotz Elizabeths zarter Gesundheit, trotz der Umstände und Kosten sind die Brownings unerschrockene Reisende. Ein Grund, die Casa Guidi zu kaufen und auszustatten, war, daß sie das Haus möbliert weitervermieten und sich für eine Weile in Venedig, Rom oder Paris niederlassen konnten. Oder, um wie im Frühling 1851 nach London zu reisen und Florenz für eineinhalb Jahre den Rücken zu kehren. Wiedeman soll endlich seine englischen Verwandten kennenlernen, und Robert sehnt sich nicht nur nach seinem Vater und Sarianna.

Oh, daß ich im April in England wär!
Wer jetzt aufwacht in England,
sieht eines Morgens von ungefähr,
wie die niedersten Zweige im linden Wehn
im Reisholz beim Ulmbaum in Blüte stehn
und der Buchfink im Kirschhain den Schnabel wetzt
in England – jetzt![80]

Elizabeth fühlt sich reisefest. Die Ärzte haben ihr eine neue Medizin verschrieben; etwas auf Äther-Basis, das jedes Unwohlsein betäubt und den Kopf mit einer köstlichen Leichtigkeit füllt. Auf dem Weg nach Norden machen sie in Venedig Station. Sie schwebt durch die Stadt. »Noch nie habe ich den Saum eines so göttlichen Ortes berührt. Die Schönheit der Architektur, die silbernen Wasserpfade zwischen all diesen köstlichen Farben und Steinen, die verzauberte Stille, der Mond, die Gondeln ...« Ihr Kind verspricht, ein ebenso empfänglicher Tourist zu werden. Wilson, die den Zweijährigen auf dem Arm trägt, wird im Anblick des Markusdoms wie närrisch von ihm abgeküßt. »Unser kleiner Wiedeman, der noch kein Wort spricht, ist von einer wachsenden Begeisterung für Kirchen und Musik erfüllt. Stell dir dieses Baby vor, wie es in den Straßen schreit, weil es in eine Kirche getragen werden will, wie es dort beim ersten Orgelton niederkniet, seine Hände faltet und in einer Art Ekstase die Augen zum Himmel dreht.«[81]

Die Brownings gehen in die Oper, lassen sich zur Giudecca und zum Lido rudern und trinken jeden Abend ihren guten starken Kaffee auf dem Markusplatz, wo »Massen von rosigen kleinen Kindern, die nicht ans Schlafen denken«, mit ihren Eltern unterwegs sind und Menschen aller Klassen nebeneinander sitzen, Eis essen und den Kaffeehauskapellen unter den Arkaden lauschen, die vermutlich schon vor 160 Jahren dasselbe Repertoire herunterfetzten, mit dem sie sich bis heute bekriegen.

Doch nach vier Wochen machen sich Feuchtigkeit und üble Miasmen bemerkbar. Sogar Wilson beginnt zu kränkeln. Es geht weiter nach Padua und Mailand, wo Mrs. Browning sich selbst übertrifft und den Turm der Kathedrale besteigt: 350 Stufen. Auf ihren eigenen Füßen. Mr. Browning ist sehr stolz. Sie lacht ihn aus: »Erzähl doch nicht aller Welt, daß Deine Frau bis da- oder dorthin spazierengegangen ist, als wäre eine Frau mit zwei Beinen ein Wunder der Natur.« Fünf Jahre zuvor war sie noch »weiß vor Erschöpfung im Zimmer herumgewankt und -gezittert«. In Bologna machen sie Station, um die Werke der Renaissance- und Barockmaler zu besichtigen, und Elizabeth lobt die »sublimen« Bilder Corregios, »der so viel Verstand hatte«, seine Cherubine nach dem Vorbild ihres Babys zu malen.

Da das Geld knapp wird, streichen sie die Reise mit dem Dampfer rheinabwärts und fahren direkt über Straßburg nach Paris. Seit die »unanständigen« Autoren Balzac und Sand ihr Leben in der Wimpole Street ein wenig farbiger gestaltet hatten, war Elizabeth unheilbar frankophil, und oft erwägen die Brownings, sich für Monate in Paris niederzulassen. In dieser Stadt gibt es »wunderbare Geschäfte mit bezaubernden Hüten und Hauben, andere mit frivolen Drucken und Karikaturen, dazu hervorragende Restaurants. Monsieur le Président [Louis Napoleon] reitet im Dreispitz und mit Kavallerieeskorte wie der Blitz über die Boulevards, hier und da begleitet vom einem Aufschrei der Roten. [...] Ich lache über Wiedeman, der vor den Bildergeschäften stehenbleibt und die Löwen auf den Drucken anbrüllt. Wilson ist sehr peinlich berührt.«[82]

Was ist da noch von England zu erwarten? Elizabeth tritt vom Schiff an Land und gleich in eine Pfütze. Es ist Juli, neblig und naß. Willkommen daheim! Es hat sich nichts verändert. Noch bevor sie London erreicht, fängt sie an zu husten. Und dann die Preise! Drei Zimmer in der Devonshire Street in Marylebone kosten zwei Pfund in der Woche! Aber sie ist nahe bei Arabel und ihren Brüdern. Ba nach vier Jahren gegenüberzustehen führt zu mehr oder minder zaghaftem Einlenken von Henry, Alfred, Septimus und Octavius. (Nur ›Stormie‹ auf Jamaika sollte den alten Grimm bis zu seinem Ende hochhalten). George, der ihr nach der Hochzeit »mit dem Schwert« geschrieben hatte, läßt sich von Peninis Augenaufschlag bezaubern. Nur Papa bleibt unerreichbar. An einem Abend, als sie zu lange bei Arabel in der Wimpole Street bleibt, hört sie ihn im Haus und auf der Treppe reden, und als alle beim Abendessen sitzen, schleicht sie sich erschrocken und traurig hinaus.

Browning, der es nicht mehr mit ansehen kann, unternimmt einen letzten Versuch, den alten Eisenbeißer doch noch mit seinem Enkel zusammenzuführen. »Sein Brief war männlich, aufrichtig, in manchen Punkten ergreifend und mit jedem Wort so großmütig und versöhnlich, daß es mir unmöglich schien, man könne ihn vergebens lesen. Als Antwort darauf kam ein erbarmungsloser, ungemein heftiger Brief. Und mit ihm alle Briefe, die ich in diesen fünf Jahren an Papa geschrieben habe. Alle waren sie ungeöffnet, mit ungelöstem Siegel. [...] Er schrieb sogar, er bedaure, die Briefe so lange bei sich behalten zu haben, weil er nicht wußte, wohin sie zurücksenden.« Sie findet keine Entschuldigung, aber auch nicht die Kraft, sich mit dem Offensichtlichen abzufinden. Ihr fassungsloses »Er ist mein Vater« wird sie bis zu seinem Tod wiederholen.

Miss Mitford kommt zu Besuch. Sie ist freudig erstaunt, ihre alte Freundin wie einen gewöhnlichen Menschen herumlaufen zu sehen, und weniger angenehm berührt, daß Elizabeth und sogar Wilson Italienisch mit dem »hübschen kleinen Jungen« parlieren. Elizabeth gibt ihrer Zofe Urlaub, damit sie ihre Mutter in Nordengland besuchen kann. Zum erstenmal muß sie sich nun selbst um Wiedeman kümmern, der überzeugt ist, »alle Welt habe sich verschworen, ihm seine Mama zu entführen, nachdem sie ihm bereits seine Lily weggenommen hat, und das will er sich durchaus nicht gefallen lassen«. Er klammert sich an Mama, will überall hin getragen werden und verwandelt sich vom bezaubernden Elf in einen lästigen Kobold. Mrs. Browning ist sehr erleichtert, als Wilson nach zwei Wochen zurückkehrt und sie den Sohn wieder aus etwas mehr Distanz lieben kann.

Er ist inzwischen aus seinen Babyröckchen herausgewachsen, trägt Kniehosen und weiße Strickgamaschen, dazu ein weißes, blau gefüttertes Filzhütchen mit weißen Satinbändern und Federn. »Robert will aus dem Kind einen *Jungen* machen, sagt er – weil er ein Mann ist –, und ich möchte, vielleicht weil ich eine Frau bin, daß er so lange wie möglich ein Baby bleibt. Tatsächlich ist das Kind nicht ›wie ein Junge‹, und wenn man ihn in Jacke und Weste steckte, sähe er doch nur wie das Spottbild eines kleinen Engels aus. Denn er ist eigentlich auch nicht wie ein Mädchen – kein bißchen. Bisher ist er ein neutrales Wesen. Aber es ärgert Robert, wenn man ihn fragt, ob er ein Junge oder ein Mädchen sei – (oh, der Stolz der Männer!), und er behauptet, daß die Spitzenkäppchen und Bänder diesen Irrtum beförderten.«[83]

Seine Mutter wird nie zulassen, daß man Peninis Locken abschneidet und ihn seine ganze Kindheit lang in eigenartige Peter-Pan-Kostüme kleiden. Seine androgyne Erscheinung, sein leicht erregbares Temperament und seine Hyperaktivität – »ständig ist er am Zeichnen, Schreiben, Singen, Tanzen« – wird von den meisten Barrett-Browning-Biographen unter schweren Bedenken überliefert: hier habe sich ein Kind früh verausgabt; kein Wunder, daß aus Pen Browning so ein indolenter Mann geworden sei ... Die Äußerungen seiner Mutter legen hingegen nahe, daß Penini ein Dreijähriger war, den seine Eltern einfach herumspringen und herumschreien ließen, und der sich über einen Witz im Kasperletheater noch tagelang kugeln durfte, was um 1850 den meisten Kindern seines Standes verwehrt war.

Wie der kleine Robert Browning lernt auch Penini seine Lektionen zu Hause: lesen, schreiben, rechnen, Musik und zeichnen, läßt es aber an Ausdauer fehlen. »Wir drängen ihn nicht, das Tischgebet mitzusprechen und auch kein anderes Gebet. Ich fürchte, den reinen, freien Geist in Förmlichkeiten zu fesseln, ehe er die Bedeutung der Dinge verstanden hat.« Er faltet trotzdem die Hände und dreht die Augen zum Himmel; Wiedeman weiß, wie er seine Mutter bezirzen kann. Als Knirps tanzt er abends vor dem Kamin. Der Vater schlägt dazu das Tamburin. Elizabeth entzückt: »Solche Schritte!« »Dood night!« Dann wird der Tänzer von Wilson ins Bett gebracht.

Robert, der auch recht grimmig werden kann, versucht, ein wenig Disziplin einzuführen, Bemühungen, die von seiner Frau meist unterlaufen werden. »Pen küßt mich, statt zu gehorchen«, und »er hat immer noch keinen Schimmer von Arithmetik«, seufzt sie über den Achtjährigen. Dabei verfügt er über »eine bemerkenswert rasche Auffassungsgabe, und mit etwas *Druck* könnten wir ihn zu allem Möglichen bringen; aber sei versichert, wir werden ihn nicht drängen. Robert sagt, wenn er ihn im Musikunterricht ein wenig triezte, könne er ihn in zwei Jahren zu einem ›Wunderkind‹ machen. Doch wir wollen, daß er einmal ein intellektueller Mann wird, der sich auf gesunde Weise entwickelt hat.« Penini nennt seine Mutter »mine dear Ba« und nicht ohne Grund »Pet« – Schatz.

Doch wie inkonsequent ihre Erziehung auch gewesen sein mochte, Elizabeth tat ihrem Sohn nicht an, was die

Mutter ihres Vaters dem kleinen Edward zumutete, als er mit sieben Jahren von Jamaika nach England und ins Internat verschifft worden war. Sie hatte den Kinderhandschuh nicht vergessen, den er, naß von Tränen, nach Hause geschickt hatte.

Als der kleine Prinz von Barrett und Browning, der überbehütete Elf, der Cherub mit den Rosenwangen, der keine Spielkameraden, aber eine Mutter hatte, die sich an natur- und menschengemachter Schönheit leicht entzündete, war es vermutlich kein Wunder, daß Penini ein wenig überkandidelt war. In Venedig hatte er sich an der blauen Medizinflasche vergriffen und einen kräftigen Schluck daraus genommen. Groß war der Schreck, aber Wiedeman blieb heil. Vielleicht verbrachte er die folgende Nacht etwas ruhiger und ohne mit lautem Lachen aus dem Schlaf zu fahren.

»Dein Vater verwöhnt dich«, bemerkte einmal ein pikierter Reisender in einem englischen Eisenbahnabteil, als der müde Junge seinen Kopf in Brownings Schoß legte. »O nein, es ist meine Mutter, die mich verwöhnt«, erwiderte das kluge Kind und machte die Augen zu.

Vielleicht ist es Peninis wolkenlose Existenz, die in diesem Londoner Sommer Elizabeths Blick auf die Schattenseite der Straße lenkt; die vielen Kinder, die sich bettelnd, stehlend – und, worüber niemand in ihren Kreisen spricht, als Prostituierte (»Drei-Penny-im-Stehen«) – in der Stadt herumtreiben. Um dem Elend entgegenzuwirken, hat eine wohltätige Gesellschaft, in der auch Arabel tätig ist, eine Reihe von Armenschulen gegründet, die den Kindern ein wenig Schutz, Bildung und Essen bieten. Für sie schreibt Elizabeth ihren *Song for the ragged schools of London.* Zusammengebunden mit Roberts Gedicht *The Twins*, das ein

Zitat aus Luthers Tischgesprächen über den Bibelvers »Gebet, so wird euch gegeben« zu einer Begegnung zwischen einem Abt und einem Bettler fortspinnt, wird es für Sixpence auf einem Wohltätigkeitsbasar verkauft.

Anders als *The Cry of the children*, in dem Elizabeth ganz Albion der Herzlosigkeit und Raffgier anklagte, fordert sie in ihrem *Song* das Erbarmen derjenigen ein, von deren Türschwellen der Diener die zerlumpten Straßengören verjagt und die auf einer Wohltätigkeitsveranstaltung vielleicht bereit sind, eine kleine Münze für zwei Gedichte hinzulegen. (Arabel sollte allerdings noch Jahre später einen ganzen Stapel der Broschüren vorrätig halten.) Radikalere Töne, wie sie George Sand in Frankreich hören läßt, wird Elizabeth nicht anschlagen.

Ragged children, hungry eyed
Huddled up out of the coldness
On your doorsteps, side by side
Till your footman dams their boldness.
[...]
Wicked children, with peaked chins
And old foreheads – there are many
With no pleasure except sins,
Gambling with a stolen penny[84]

XVI

Bei einem Dinner im Kreis von Brownings alten Freunden lernt Elizabeth Fanny Haworth kennen, eine musische Dame und ehemalige Flamme, mit der Robert als junger Mann einen eher keuschen Briefwechsel geführt hatte. Es ist eine folgenschwere Begegnung, denn Haworth sollte Elizabeth mit den Werken des Theosophen und Geistersehers Emanuel Swedenborg bekannt machen.

Für die Viktorianer barg der Tod eine heute unvorstellbare Faszination. Die hohe Kindersterblichkeit ließ viele Paare trostlos zurück, und der Spiritismus schien eine Tür aufzustoßen, durch die sie mit den Geistern der Verstorbenen in Verbindung treten konnten. Botschaften aus dem Jenseits, die in Trance übermittelt wurden, Klopfsignale und Stifte, die von selbst Nachrichten kritzelten, erfreuten sich um die Mitte des 19. Jahrhunderts in Europa und Amerika kultischer Zustimmung, wobei die Grenzen zwischen Glauben und Gesellschaftsspiel fließend waren. Medien, die angeblich mit dem zweiten Gesicht begabt waren, traten in jeder Gestalt auf, und Menschen, die man für zurechnungsfähig gehalten hatte, reichten sich in Séancen die Hände, hörten Geistermusik und sahen Einrichtungsgegenstände durch die Luft gaukeln.

In Elizabeth wecken die »Tatsachenberichte« aus der Geisterwelt ihren Sinn für das Wunderbare. Nicht daß sie unbedingt mit den Geistern jener, die ihr nahegestanden hatten – ihre Mutter, ihr Onkel Sam oder Bro –, in Kontakt treten wollte, aber sie glaubte, daß die Welt des Übersinnlichen eine bessere sei und ihr Einfluß auch dieses irdische Jammertal zu einem helleren Ort machen werde. Robert, der ihren Spleen zunächst mit lächelnder Nachsicht ertrug, fand sich allmählich mit einer Verirrung konfrontiert, gegen die er machtlos war, und er begann, die zerstörerische Wirkung der Geister und ihrer irdischen Agenten auf seine Ehe zu fürchten. »Mein Mann nennt mich ›sonderbar‹ in mancher Beziehung«, schreibt Elizabeth an Harriet Beecher Stowe, die eine Schwester im Geiste war, »manche Namen kann ich vor ihm nicht aussprechen, manchen Kummer nicht mit ihm teilen – nein, nicht mit ihm –, und das nach all diesen Jahren. Es ist eine Art Abstumpfung der Seele. Wie glücklich sind diejenigen Menschen, die Worte finden.«[85]

Daß auch Worte – vernünftige, spöttische, wütende Worte – verschwendet sein können, daß es Dinge gab, die sie nicht teilten und Seiten, die sie voreinander verbargen, erfuhren die Brownings in den kommenden Jahren, und manchmal war ein geseufztes »Oh, Robert!« das letzte Wort ihrer Diskussion.

Eine amerikanische Freundin in Paris ist Zeugin einer ersten leichten Bewölkung in der Beziehung, die von den Geistern verursacht wurde. Die Brownings statteten den Corkrans einen Besuch ab, und die kleine Tochter erinnerte sich, daß Elizabeth sehr schmal und abgezehrt aussah; Pen trug weiße, spitzengesäumte Kniehosen und lange Locken. Von der unpoetischen Erscheinung Mr. Brownings war die junge Miss enttäuscht; sein Haar war ihr zu glatt gebürstet, sein Anzug zu konventionell, seine Heiterkeit zu gewollt, seine Stimme zu laut. »Mit großer Gier aß er Mengen von Butterbrot und große Stücke Pflaumenkuchen.« Mrs. Browning rief sie an ihre Seite und sagte mit ihrer leisen Stimme: »›Mein Liebes, du und Penini – ihr müßt gute Freunde werden. Er ist mein kleiner Florentiner‹, und sie strich ihm liebevoll über den Kopf. ›Hat er nicht wunderschöne Haare? So golden?‹ Dann küßte sie mich und legte meine in Pens Hand.«

Die meiste Zeit hielt Elizabeth ihren rechten Arm um seinen Hals geschlungen, »und fuhr ihm mit ihren langen, dünnen Fingern durch seine blonden Locken«. Mrs. Corkran sagte etwas Günstiges über Spiritismus. »›Was!‹ polterte Mr. Browning los, ›eine kluge Frau wie Sie, läßt sich von solchen Schwindlern und Unfugkrämern täuschen?!‹ Darauf wandte Mrs. Browning leise ein, wie sehr sie die Sache interessiere, und dann redeten alle auf einmal. Flush bellte und Pen gähnte.«[86]

Mit der klugen Frau ist erkennbar nicht nur Mrs. Corkran gemeint. Robert und Elizabeths Diskussionen zum Thema Spiritismus und Okkultismus werden in den nächsten Jahren von beiden Seiten mit zunehmender Unnachgiebigkeit geführt. Anders als Elizabeth, die keiner Argumentation zugänglich ist – einem Artikel Faradays in *Athanaeum*, in dem er das Gewackel der Tische auf die unbewußten Bewegungen der Séance-Teilnehmer zurückführt, widerspricht sie heftig und polemisch –, neigt sich der biegsamere Robert, der zunächst nicht ausschließen will, »daß etwas dran sein könnte«, über Swedenborgs Schriften. Wie Elizabeth ist er als gläubiger Christ überzeugt, daß sie einander in einer besseren Welt wiederfinden werden. Aber was die okkulten Erscheinungen angeht, bleibt er ein Renegat. Ihr Freundeskreis in Florenz besteht bald nur noch aus Menschen, die Kontakte zur Geisterwelt pflegen. »Wir sind eine Gemeinschaft von Gläubigen«, schreibt Elizabeth, »außer Robert, der nur hin und wieder glaubt und dazwischen Anfälle von Skeptizismus hat. Er sagt, er werde nichts glauben, das er nicht mit seinen Sinnen erklären könne.«[87]

Sie wiederum ist entschlossen, sich kein Denkverbot aufzuerlegen, was die »Psychologie« angeht, wie sie den Spiritismus nennt, und versucht, die »Geister-Frage« so wissenschaftlich wie möglich zu beantworten. »Ich sehe in der Psychologie so wenig Gefahr wie in der Mineralogie, nur ein sehr viel tieferes Interesse an ihrer Erforschung. Was die Geister angeht, so ist für mich weniger bedeutungsvoll, *was* sie zu übermitteln haben, als die Tatsache, daß sie Übermittler sind. – Ich gebe zu, manchmal erscheinen sie unglaublich einfältig. Es gibt wohl auch auf ihrer Seite Gute und Böse, Dumme und Kluge, und in den niederen Klassen sind beide Seiten vertreten.«[88]

Bei ihrem London-Besuch, drei Jahre später, wissen die Geister Elizabeths Interesse zu würdigen. Der Amerikaner, Daniel Dunglas Hume, ein junger Mann mit roten Haaren, großen, blauen Augen, hohlen Wangen und glasigem Teint, tritt in diesem Jahr als gesuchtes Medium in Erscheinung und vermag mit schwebenden Tischen und eigenständig musizierenden Instrumenten viele Skeptiker von seinen okkulten Gaben zu überzeugen. Auch wenn Robert Browning sich Ruhe und Sachlichkeit verordnet hat, wittert Hume den unsicheren Kantonisten im Kreis der Séance-Teilnehmer, die das Ehepaar Rymer an einem Sommerabend in sein Haus in Ealing geladen hat.

Elizabeth schreibt an Henrietta: »Das Medium forderte die Geisterhände auf, einen Blumenkranz vom Tisch in unserer Mitte aufzuheben und auf meinen Kopf zu legen. Die beauftragte Hand war sehr groß, weiß wie Schnee und sehr schön. Sie kam mir so nahe wie diese Hand, mit der ich gerade schreibe, und ich sah sie ganz genau.« Hume beobachtete »übernatürliche Kräfte« am Werk, die den Kranz auf Elizabeths Haupt setzten. Er bemerkte auch, daß sich Robert Browning, der seiner Frau gegenüber gesessen hatte, erhob und hinter ihren Stuhl trat. Hume, der seinen Feind erkannte, fügte hinzu, Mr. Browning habe enttäuscht ausgesehen, weil die Hand nicht ihn, sondern seine Frau gekrönt habe, und er habe sich dem Geist absichtlich in den Weg gestellt, um diesem Gelegenheit zu geben, ihn als den Laureatus zu wählen.

Robert Browning erlebte den Vorgang etwas anders. Für ihn wächst die Hand nicht aus der Tischplatte, sondern darunter hervor. Nachdem der Trick mit dem Kranz geklappt hat, ertönt von dort Akkordeonmusik, und während Hume in Trance fällt und mit der Stimme des verstorbenen Kindes der Rymers zu sprechen beginnt, hebt sich der Tisch und kippt, ohne daß die Lampe herunterfällt. Browning ist von Humes Darstellung stark angeekelt.

Elizabeth gibt zu, das Medium habe »eine Menge Unfug« geredet, doch nichts kann sie von der Wahrhaftigkeit der Manifestation abbringen. Die Geister waren eben nicht in Stimmung. Hume mochte triviales Zeug faseln, aber nur »weil unsere Seelen nicht ernsthaft sind, weil wir den Geistern keine konzentrierte Aufmerksamkeit und kein heiliges Streben entgegenbringen«.

»Und wie, glaubst du, wird das alles einmal enden?« fährt Browning sie an. »Nämlich so, daß du in einer Gummizelle sitzt und ein Wärter streckt den Kopf zur Tür herein und fragt, was du zum Abendessen wünschst!«[89] Oh, Robert!

Den Blumenkranz hängt sie an ihren Spiegel, und als er verwelkt ist, wirft Browning ihn durchs Fenster auf die Straße. Er hat allmählich genug von Mr. Hume, den er nicht einmal für einen geschickten Taschenspieler hält. Als der junge Mann und das Ehepaar Rymer die Brownings in der Dorset Street besuchen, kommt es zum Eklat. Robert weigert sich brüsk, dem »Vater aller Lügen« die Hand zu reichen. Elizabeth, so überliefert es D. D. Hume, sei sehr bleich geworden. Sie habe ihre Hände in die seinen gelegt: »Oh, lieber Mr. Hume, bitte geben Sie nicht mir die Schuld! Es tut mir so leid, aber es nicht meine Schuld.« Daraufhin habe Mr. Browning Mrs. Rymer Vorwürfe gemacht und ihn, Hume, geheißen, den Mund zu halten. Sein Gesicht sei »blaß vor Wut« gewesen, und »seine Bewegungen, mit denen er auf dem Stuhl vor und zurück wippte, waren die eines Wahnsinnigen«. Später hört man, der Hausherr habe gedroht, den »Mistballen« die Treppe hinunterzuwerfen. Der Besuch tritt den Rückzug an, während Elizabeth einer Ohnmacht nahe ist – »Oh, lieber Mr. Hume, oh dear! Oh dear!« – und Mr. Browning sich mit Mühe weiterer Beleidigungen enthält.

Auf dem Heimweg über Paris erfahren sie aus dem Brief eines Freundes, daß der Vater aller Lügen ebenfalls in der Stadt weile. »Robert und ich lasen den Brief zusammen, nebeneinander auf dem Sofa sitzend, wie der Löwe und das Lamm – aber dem Löwen steckt Hume immer noch als Knochen quer im Hals.«

D. D. Hume würde in den kommenden Jahren ein Publikum in ganz Europa verblüffen, den Zaren beraten, eine Séance am Hof Napoleons III. halten, bei der ein Tischtuch sich von seinem angestammten Platz erhebt, und selbst in Florenz durch die Villa Trollope schweben. Als Mr. Hume heiratet, stellt sich Elizabeth in einer amüsierten Anwandlung vor, wie das Bett des jungen Paars durchs Schlafzimmer segelt. Mr. Browning seinerseits würde ein langes, sarkastisches Gedicht schreiben, *Mr. Sludge, ›the Medium‹*, in dem ein zynischer Schleimer und Scharlatan in einem dramatischen Monolog seine Tricks rechtfertigt. Die Welt wolle betrogen sein. Und dennoch bleibt etwas Unerklärliches, vor dem auch Mr. Sludge zurückweicht: »Nicht alles war Betrug, Sir, / dessen bin ich sicher.«

Nach dem Londoner Intermezzo pflegen die Gespräche in Elizabeths Salon zu ersterben, wenn Mr. Browning das Zimmer betritt, und sie bittet ihre Korrespondenzpartner, das Thema Spiritismus in ihren Briefen nicht mehr zu erwähnen, »da Geister in diesem Hause tabu sind«. Über das Abonnement des *Spiritual Magazine* sieht Robert großzügig hinweg.

XVII

Im Londoner Sommer 1851 bittet Mr. Kenyon, der in Elizabeths Leben die Rolle des Vaters und Vermögensverwalters übernommen hat, seine alte Freundin allein zu einer Dinnergesellschaft. Er hatte es sich zur Regel gemacht, Ehegatten nur getrennt einzuladen, weil er meinte, ihren Gesprächen fehle es sonst an Frische. In Elizabeths Fall versagt Mr. Kenyons Regel jedoch. Sie findet sich nicht so recht in das Geplauder, das Lüftchen, das, angereichert mit ein wenig aufgewirbeltem Glitzerstaub aus anderer Leute Salon, die Abendgesellschaft umfächelt. Was sie sagt ist »stets wohl abgewogen und voll Sinn und Verstand«, aber es trägt nichts zu einem heiteren Abend bei, wie sich eine Dame bei Tisch erinnert. Niemand wäre je auf den Gedanken verfallen, in Mrs. Brownings Gegenwart eine Frivolität zu äußern, schreibt eine andere.

Die Dame sieht »harte, verschlossene Gesichtszüge, obwohl hinter dieser Stirn ein edler Geist wohnte und ihre Augen dunkel und eindringlich blickten. Ihr breiter, strenger Mund verriet keine Gefühlsregung, der Unterkiefer hingegen Stärke und Widerstand. Sie trug ihr Haar in langen Locken, die ihr tief ins Gesicht fielen, und, wenn man sie von der Seite ansah, den unschönen Eindruck von Scheuklappen erweckten. [...] Ihre Kleider hingen an ihr herunter, statt ihre hübsche, grazile Gestalt zur Geltung zu bringen, aber, dem Himmel sei Dank, sie war vollkommen frei von dem schlechten Geschmack der eingebildeten, weiblichen Intellektuellen, die sich selbst als Fehlschlag der Schöpfung darstellen, indem sie die Männer in Kleidung und Benehmen nachäffen.«

Dies war offenbar als Seitenhieb auf Elizabeths Idol, die Schriftstellerin George Sand, gedacht, die Muse der französischen Republik, über deren skandalösen Lebenswandel die Viktorianer gründlicher unterrichtet waren als über ihr politisches Wirken. Dabei hatte es Madame Dudevant nicht auf Provokation angelegt, als sie sich in jungen Jahren Beinfreiheit verschaffte. Die Damenmode bestand zu ihrer Zeit aus vielen schweren Röcken und Unterröcken, einem geschnürten Fischbeinkorsett und einem Oberteil mit langen Ärmeln, die unter den Achseln so eng waren, daß die Trägerin ihre Arme nicht auf Schulterhöhe heben konnte, und um die Handgelenke so weit, daß sie die Manschetten durch die Suppe zog. George Sand hatte sich in ihren Kleidern »wie ein Kahn auf dem Eis gefühlt. Ich war ständig verdreckt, ermüdet, erkältet.« Deshalb ließ sie sich eine Hose, Weste und einen Überrock schneidern. Darin »konnte ich bei jedem Wetter, zu jeder Tageszeit ausgehen und in allen Theatern das Parterre besuchen. Niemand beachtete mich oder ahnte meine Verkleidung.«[90]

Schlimmer als dieses Kostüm war jedoch, daß Madame Zigarren rauchte und mit Männern durch Europa zog, mit denen sie nicht verheiratet war. Und nun hört man voll Entsetzen ihren Ruf nach Vergesellschaftung der Produktionsmittel und allgemeinem Wahlrecht. Auch Browning, der »vorbildliche Bürger«, teilt keinesfalls die Bewunderung seiner Frau für diese Erscheinung. Vor Jahren in der Wimpole Street hätte Elizabeth »alles darum gegeben, einen Brief von George Sand zu erhalten, selbst wenn er nach Zigarren riechen sollte«.[91] Doch wo sie die Schwester im Geist, die Republikanerin, die »großgesinnte Frau, den großherzigen Mann« erkennt, sieht Browning nur die unreine Menage einer taktlosen Schlampe. Als Elizabeth alle Hebel in Bewegung setzt, um die Verehrte in Paris zu sehen, tritt er diskret auf die Bremse und hat es nicht eilig, ein Empfehlungsschreiben des römischen Republikaners Mazzini weiterzuleiten.

Am Ende setzt sich jedoch seine ungehorsame Frau durch. Sie wolle möglichst nicht sterben, ohne George Sand getroffen zu haben, läßt sie Robert wissen. Ihre Begegnung im Februar 1852 bewegt sich in klandestinem Rahmen, denn wenige Tage zuvor hatte Madame beim Prince-Président Louis Napoleon um eine Amnestie für politische Gefangene nachgesucht und fürchtet nun selbst, wie ihre Freunde verhaftet, eingesperrt oder deportiert zu werden. So sind ihre Gedanken verzeihlicherweise nicht ganz bei der Sache, als sie die Dichterin der *Casa Guidi Windows* und ihren Mann empfängt.

Es ist ein eisiger Tag. Elizabeth – in Pelze gehüllt und mit einer Atemschutzmaske in der Tasche – küßt ihr beim Eintreten die Hand. George Sand wehrt ab – »aber nicht doch!« – und küßt sie auf den Mund. Damit sind der Herzlichkeiten Genüge getan. Madame öffnet den Kreis derer, die ums Kaminfeuer sitzen, bittet Platz zu nehmen und nimmt das Gespräch mit ihren Freunden wieder auf; drei, vier respektvollen jungen Männern, die ihrer leisen Stimme, den schnellen Worten lauschen. Man spricht über Politik. Elizabeth ist von Sands Distanziertheit irritiert, und Robert wäre, »wenn dies eine andere Gastgeberin gewesen wäre, sofort wieder gegangen«.

Aber dies ist eine historische Dreiviertelstunde, in der sie sich kein Detail von dem Aussehen und Gebaren ihres Gegenübers entgehen läßt; nicht das glänzende Haar, das im Nacken zu einem Chignon geschlungen ist, nicht den olivefarbenen Teint, nicht die zu vollen Wangen. »Der obere Teil des Gesichts mit den dunklen, glühenden Augen ist nobel«, aber der untere Teil fällt enttäuschend aus: ein großer Mund, ein fliehendes Kinn. Und sie ist sogar noch kleiner als Elizabeth, wenn auch entschieden dicker. Was beide Brownings erstaunt, ist, daß diese kleine Matrone, die so gar nicht wie eine Femme fatale aussieht, einmal die Geliebte von Männern wie Mérimé, Musset und Chopin war. »Es konnte niemals ein schönes Gesicht gewesen sein; darin waren Robert und ich uns einig, aber es war und ist edel und ausdrucksvoll.« Zu ihrer Erleichterung zündet sich Madame keine Zigarre an. Sie ist erkältet, »und obwohl es ihr besser geht, seit sie in Paris ist, leidet sie unter starkem Husten und wurde letztens deswegen zur Ader gelassen«. Elizabeth glaubt, ein gemeinsames Thema gefunden zu haben: die schwache Lunge. Aber »Sie hätten die Verachtung sehen sollen, mit der sie auf meine Atemschutzmaske blickte, als ich sie aus dem Muff zog und vorzeigte. ›Oh‹, sagte sie, ›das Leben wäre nicht der Mühe wert bei solchen Vorsichtsmaßnahmen.‹« Elizabeth steckt ihre Atemschutzmaske wieder ein. Sie nimmt es nicht persönlich. »Ich liebte sie nicht, aber ich mochte sie und fühlte ihre brennende Seele hinter der gemessenen Haltung.«[92]

Eine zweite Begegnung fällt dann doch recht ernüchternd aus. Unüberbrückbar sind die Lebensstile und die politischen Ansichten. George Sand weiß, was der Opposition unter dem neuen Prince-Président Louis Napoleon blüht; Elizabeth hat gerade ihr »künstlerisches Interesse« an dem kleinen Tyrannen mit dem gewichsten Knebelbart entdeckt. Auch die Perspektive hat sich leicht verschoben; aus den respektvoll zuhörenden jungen Männern sind für Robert acht oder neun »Kerle mit schlechten Manieren« geworden, die George Sand »zwischen einem Zug aus der

Zigarre und einem kräftigen Ausspucken auf Knien anbeten; eine Gesellschaft aus zerlumpten Roten und Schmierenkomödianten«.

Elizabeth glaubt, Verachtung in Sands Verhalten im Umgang mit der Canaille zu spüren, die ihr schmeichelt und sie ungefragt duzt. Ihr tut »diese arme Frau zutiefst leid. Sie ist so anders, so abgetrennt von allen, so einsam in ihrer melancholischen Geringschätzung der anderen!« Daß ihr selbst Geringschätzung oder zumindest Gleichgültigkeit angedeiht, ist ihr schmerzlich bewußt. Letztlich, so erkennt sie, war George Sand für sie nicht erreichbar. »Wir haben uns angestrengt, aber wir haben immer gefühlt, daß wir nicht zu ihr durchdrangen – sie nicht wirklich berühren konnten – es war alles vergeblich.«[93]

Drei Monate zuvor, am 2. Dezember 1851, hatte sich Louis Napoleon, Präsident einer weitgehend demontierten Republik, mit Hilfe des Militärs an die Spitze des Staats geputscht. In einer Proklamation ließ er den Bürgern mitteilen, daß die Nationalversammlung aufgelöst und die Verfassung außer Kraft gesetzt seien.

Die Brownings hatten sich gerade in einer Wohnung an den Champs Élysées niedergelassen, als sie in der Nacht von Gewehrfeuer geweckt wurden. In den beiden nächsten Tagen »bin ich kaum vom Fenster zurückgetreten, weil ich den Einmarsch der Truppen beobachten wollte, die Musik, die Trompeten, die glänzenden militärischen Manöver. Der Präsident selbst ritt unter donnernden Hochrufen direkt an unserem Fenster vorbei«.[94]

Gemäß der politischen Ausrichtung wurde der Staatsstreich unterschiedlich wahrgenommen. George Sand sah Männer, die mit Stöcken die Proklamationen von den Mauern droschen und »Nieder mit dem Verräter« und »Vive la

République« schrien. Elizabeth Barrett Browning dagegen hörte auf den Champs Élysées »Vive Napoléon-« und »Vive l'empereur«-Rufe. Nach George Sands Tagebuch bewegten sich auf den Straßen »zahllose Polizisten [...], aus jeder Pflasterritze steigt ein Spitzel und man schlägt jeden nieder, der spricht oder sich rührt«.[95] Nach Elizabeths Beobachtung waren nur Begeisterte unterwegs. »Kein Anblick konnte überwältigender sein, und um nichts in der Welt hätte ich das große Schauspiel versäumen mögen«, als der neue starke Mann in Paris einzog. Penini geriet über die Kavallerie und das ganze Tschingderassabum reinweg aus dem Häuschen. In das Fenster der vorbeifahrenden Präsidentenkutsche krähte er »Viva Peone!«

Tatsächlich ergab sich Paris dem Prince-Président, dessen selbst gewählter Titel bereits seine Ambitionen verriet, nahezu freiwillig. Seit der Februarrevolution von 1848 hatte Louis Napoleon als Staatspräsident regiert. Nun, kurz vor Ende seiner Amtszeit, stürzte er die Regierung, ließ sich in einem Plebiszit den Bruch der Verfassung legitimieren und diktatorische Vollmachten verleihen. Ein Jahr später würde er sich als Napoleon III. zum Kaiser krönen lassen.

Elizabeth, die Monate zuvor noch Tränen der Wut über den Lügner Leopold II. vergossen hatte, zeigte volles Verständnis für den populären Vertragsbrecher. »Ich für mein Teil sehe für die französische Nation keine bessere Lösung, als reinen Tisch zu machen und ganz von neuem zu beginnen. Gewiß hat Napoleon die äußere Form eines Eids gebrochen«, aber in ihren Augen heiligte der Zweck die Mittel. »Selbst wenn er nicht die Mehrheit des Volkes hinter sich gewußt hätte, ist er trotzdem ein viel zu fähiger und ein viel zu ehrenhafter Mann, um nicht zu wagen, was er gewagt hat.«

Als in der Nacht des 4. Dezember dann Kanonendonner die Fensterscheiben zittern ließ und mit der Erschießung Oppositioneller die »grauenhafte Militärorgie« begann, die in George Sands Augen »die französische Armee für immer entehrt hat«,[96] saß Elizabeth mit Robert am Kaminfeuer und konnte nicht schlafen. Die armen Leute . . .! Über tausend Menschen starben in dieser Nacht, aber »glaube nicht, was die *Times* schreibt«, erwidert sie Henrietta. »Es ist absurd von einer ›Schlächterei‹ zu sprechen. Die Leute haben sich nicht erhoben, niemals – es war nur ein wenig Abschaum des Volks, mit dem die Truppen schnell aufgeräumt haben.«[97]

In bewunderungswürdiger Sophisterei mauerte sie bereits an dem Sockel, auf dem ihr Held Napoleon III. von nun an stehen sollte, und wehe dem Zweifler, der an ihm zu rütteln wagte, was im übrigen auch für Browning galt. Sie stritten heftig, und Elizabeth, die sich eines klaren politischen Überblicks rühmte, tadelte die englischen Vorurteile gegen die Franzosen, die auch Roberts Urteilskraft trübten. »Die Engländer sind solche Pedanten!«

Sprach es nicht für den neuen Machthaber, daß noch nie eine Revolution in Frankreich mit so wenig Blutvergießen stattgefunden hatte? Die Kanonenschüsse, das Gewehrgeknatter waren zwar nicht zu überhören; es war auch nicht zu leugnen, daß Louis Napoleon die Opposition unterdrückte, aber er hatte die Leute freundlicherweise nur ins Exil geschickt, statt ihnen die Köpfe abzuschlagen. »Der Präsident hat sich entschieden, alle Zügel in seiner Hand zu halten, sie aber nur anzuziehen, wenn es notwendig erscheint. Du wirst einwenden, daß dies eine schlechte Regierung sei«, schreibt sie an ihren Bruder George, der in der Tat ganz anderer Meinung war, »und ich gebe Dir vollkommen recht. Dennoch, eine Demokratie mit einem verantwortungsvollen Mann an der Spitze, ist keine Gewaltherrschaft, wie immer die häßlichen Zeichen von Despotismus der gegenwärtigen Exekutive auch aussehen mögen.«

Doch selbst wenn sich die Brownings über Napoleon, Spiritismus oder Peninis Erziehung stritten, sollte Robert niemals die Haltung verlieren, die er schon eingenommen hatte, bevor er Elizabeth zum erstenmal gesehen: den Respekt vor ihrer seelischen und künstlerischen Stärke – und mit den Jahren auch vor ihrem dicken Kopf. Sie blieb für ihn die »perfekte« Frau und er für sie »that darling Robert«. Als er sie aus der Wimpole Street führte, war er überzeugt, ihr Leben gerettet zu haben, und obwohl sie ihn gewarnt hatte, sie werde ihm eine Last sein, hatte er von Herzen in die Rolle des aufopferungsvollen Partners eingewilligt, der für ihr Wohl zuständig war. Es erfüllte ihn mit Stolz, wenn sie neben ihm ging. Doch in den vier Jahren ihrer Ehe hatte er sie fünfmal geschwängert und an den Rand des Todes gebracht. So mag es manchmal nicht nur seine Großmut gewesen sein, die ihn einlenken ließ, wenn Elizabeth auf ihren Marotten und Inkonsequenzen bestand, sondern auch ein leises Schuldgefühl.

XVIII

Nach dem Winter in Paris kehren die Brownings 1852 noch einmal für den Sommer nach England zurück und nehmen die Runde durch die Salons und ihre Begegnungen mit netten und wichtigen Menschen wieder auf. Sie treffen den Kunstkritiker John Ruskin, den Schriftsteller William Makepeace Thackeray, die Tennysons, den Historiker, Schriftsteller und Biographen Thomas Carlyle und seine kluge, scharfzüngige Frau Jane und die etwas unübersichtliche Gruppe von jungen präraffaelitischen Künstlern um William Morris und die Rossettis. Die Präraffaeliten gehören zu den wenigen intellektuellen Kreisen in England, die Browning rückhaltlos bewundern. Elizabeth und Robert besuchen ihren alten Freund John Kenyon und werden ihrerseits von dem unvermeidlichen Father Prout heimgesucht.

Aber noch immer erträgt Elizabeth es nicht, in London zu sein, ohne ihrem Vater ein Zeichen zu senden. Es reichte nicht, daß er ihr in jeder Form seine Ablehnung gezeigt, sie tot gewünscht und ihre Briefe ungeöffnet zurückgeschickt hatte; sie glaubt noch immer, er ließe sich erweichen, wenn sie sich ihm zu Füßen werfe. So bittet sie ihn im September um die große Gunst eines Treffens – und erhält überraschend eine Antwort. Mr. Barretts Schreiben löst einen Erkenntnisblitz aus; allein seine Wirkung ist nicht von Dauer.

»Ich muß Dir gestehen«, schreibt sie an Henrietta, »daß sich meine Gefühle bei der Lektüre des Briefs verkehrt haben. Nach sechs Jahren war er mit der klaren Absicht geschrieben worden, mir so viel Schmerz wie möglich zuzufügen. Es war ein unnatürlicher Brief, und die Härte seines

Herzens ist ganz unmißverständlich. [...] Auch ich weiß inzwischen etwas über elterliche Gefühle. Es kann keine solchen Gefühle von seiner Seite geben – es kann sie niemals gegeben haben. Ganz gewiß wird dieser Brief nicht bewirken, daß ich *bereue*. Soll ich bereuen, mein Leben und meine Liebe nicht dem Schreiber dieses Briefes geopfert zu haben?«

Im Frühling 1853 sind die Brownings zurück in Florenz und nehmen die Casa Guidi wieder in Besitz, die in den siebzehn Monaten der Vermietung an pflegliche Menschen keinen Schaden genommen hat. Sie werden in den nächsten Jahren immer wieder Monate in Paris und London verbringen, den Sommer in Bagni di Lucca und den Winter in Rom. Aber ihr Heim bleibt die Casa Guidi.

Im Winter darauf stirbt Flush. Die Zeit, da er seine Herrin »küssen« durfte, war lange vorbei. Als ein alter, räudiger Hund, »ohne ein Haar auf dem Balg«, roch er so schlecht, daß sie ihn aus dem Salon verbannt hatte. Dennoch ist es für Elizabeth ein Schock.

»Mrs. Browning las wieder. Dann sah sie Flush erneut an. Doch er sah sie nicht an. Eine auffällige Verwandlung hatte sich in ihm vollzogen. ›Flush!‹ schrie sie. Doch er war stumm. Er war lebendig gewesen; jetzt war er tot. Das war alles. Der Teetisch stand, seltsam genug, vollkommen reglos.« So dachte sich Virginia Woolf das Ende in trauter Gemeinsamkeit. Flush wird unter den Steinplatten im Kellergewölbe der Casa Guidi begraben.

Zurück in Florenz, findet Browning endlich zu neuer Kreativität zurück. Die Arbeit an den Gedichten gedeiht – *Men and Women* wird der Band heißen. Auch Elizabeth hat ein großes Gedicht in Blankversen begonnen, *Aurora Leigh*, das ihrer guten Meinung nach ihr reifstes Werk darstellen wird, »in das meine höchsten Überzeugungen vom Leben und von der Kunst eingegangen sind«.

An einem freien Tag lassen beide ihre Manuskripte, »Schicklichkeit und Penini« zu Hause und fahren mit dem Zug nach Pistoia und Prato, um noch einmal »wie ein Liebespaar« herumzuschlendern, irgendwo in einem Café zu essen und die Zeit vorbeigehen zu lassen, wie sechs Jahre zuvor in Pisa. Roberts Schläfen sind nun grau, sein Bart noch dunkel. An einem besonders heißen Tag, unter dem peinigenden Einfluß eines Sonnenbrands (oder, so Elizabeth, »in einem Anfall selbstmörderischer Ungeduld«) wird er ihn abrasieren. Elizabeth bricht in Tränen aus, als sie ihn erblickt, noch nie hat sie ihn so nackt und »entstellt« gesehen, und sie schwört, wenn er ihn nicht sofort wieder wachsen lasse, sei alles aus zwischen ihnen. Er befragt den Spiegel und gibt ihr recht. Als der Bart nachwächst, ist er grau, und Robert stutzt ihn zu Schnurr- und Kinnbart. Elizabeth findet an diesem Stil »das Argentinische« interessant. Fortan ähnelt Browning eher einem Hidalgo als einem amerikanischen Sektenmitglied.

Elizabeth, sechs Jahre älter, scheint mit Ende Vierzig von Krankheit und Drogengebrauch unangegriffen zu sein. Ihr kleines Kinn ist straff, ihr Haar noch immer schwarz. Sie verabscheut das Älterwerden, da »wir doch an Herz und Seele jung sind. [...] Der Tod hat eine lichte Seite, wenn wir sie zu erkennen in der Lage sind, aber der Rost der Zeit, die Anzeichen des Alters sind scheußlich und mir dermaßen zuwider, daß ich sie nicht einmal in Form der kleinsten Falte im Gesicht eines geliebten Menschen sehen kann, ohne schmerzlich zurückzuweichen.«

Wenn es ihr gutgeht, wenn Robert im Kreis von Freunden ein wenig mit ihr angeben kann, sind beide glücklich.

Auf einer Gesellschaft in Rom – der zweiten am selben Abend – plaudert Elizabeth mit der Gastgeberin am Kamin, während Browning, der gern den Gesellschaftslöwen spielt, im Türrahmen zum Tanzsaal steht, die hübschen Frauen bewundert und beteuert, daß ihn lediglich sein würdiges Alter (er ist Anfang Vierzig) daran hindere, eine von ihnen aufzufordern. Dann schreitet er zu den Damen hinüber, zankt seine Gattin aus und verweist auf die späte Stunde. »Er liebt es, mich vor Zeugen der wildesten ›Ausschweifungen‹ zu zeihen. Er sei entsetzlich erschöpft, während ich niemals müde würde – und so weiter, Du weißt schon.«[98]

Im Winter 1854 aber meldet sich die Krankheit mit Schmerzen in der Seite und Kurzatmigkeit zurück. »Mein Husten ist immer da«, schreibt sie an Arabel, »er liegt wie ein Löwe auf der Lauer und ist bereit, bei der kleinsten Reizung zuzuschlagen.« In diesem kalten Januar bringt der Löwe sie fast zur Strecke. »Mein armer Schatz Robert! Er verbringt die Nächte damit, das Feuer zu schüren, Kaffee zu kochen und dem gräßlichen Husten zu lauschen, der uns beide um den Schlaf bringt.« Was sie außer Kaffee – und später Lebertran – sonst noch einnimmt, verschweigt sie der Schwester. Aber es scheint ihre Trübsal vertieft zu haben und treibt sie eines Tages in ein unberatenes Gespräch mit dem fünfjährigen Penini, der sich zu einem Spaziergang verabschiedet.

»Gott segne dich, lieber Mama-Schatz. Ich gehe jetzt.«

»Liebst du mich, Penini?«

»O ja – über alles auf der ganzen Welt – mehr als die Welt, die Sterne auch.«

»Wärst du traurig, wenn ich fortginge?«

»Ich würde dich niemals weglassen.«

»Aber wenn ich stürbe?«

»Oh – sag das nicht!«[99]

Sie bereut es sofort. Wie konnte sie ihn so bestürzen! Wie töricht! Wie töricht!

Unvorbereitet trifft den kleinen Browning ein herber Verlust von anderer Seite. Lily Wilson, in deren Zimmer er seit seinen Babytagen schläft, hat plötzlich beschlossen zu heiraten; nicht den ehrlosen Gardisten Righi, sondern den neuen Hausdiener Ferdinando Romagnoli, einen ehemaligen Soldaten Garibaldis. Trotz der patriotischen Verbindung sind die Eltern Browning nicht begeistert. Elizabeth ist ratlos: »Was wird nun aus meinem Penini, der immer jemanden braucht, der bei ihm ist und sich um ihn kümmert – was soll mit ihm geschehen? Es ist völlig ausgeschlossen, daß er allein schläft. Vielleicht sollte man sein Bettchen in meinem Zimmer aufschlagen. Ich weiß nicht, was ich tun soll. Wenn er im Dunkeln aufwacht, schreit er sofort los.«[100]

Aber das Kindermädchen läßt sich nicht beirren. Als der Familientroß 1855 wieder nach London unterwegs ist, heiratet sie Ferdinando in Paris, und in England dämmert Elizabeth, warum sie es so eilig hatten. Lily Wilson, Signora Romagnoli, ist schwanger – die englische Zofe, die Schicklichkeit in Person, die von den nackten Statuen in den Uffizien so schockiert war, daß sie sich geweigert hatte, sie ein zweites Mal anzuschauen! Und nun so ehrvergessen!

XIX

In Florenz hatte Robert Browning *Men and Women* beendet und an seinen Verleger geschickt, während Elizabeth zu *Aurora Leigh* noch ein paar tausend Zeilen fehlten. Nun, im Sommer 1855, hilft sie ihm in London die Korrekturbögen durchzusehen. Beide sind von der Reife und Kühnheit seiner neuen Gedichte begeistert; beide knüpfen die Erwartung daran, daß dieses Buch – zehn Jahre nach *Bells and Pomegranates* – endlich Brownings Durchbruch beim Publikum und der Kritik bedeute und – es wäre zu schön – auch ein wenig Geld einbrächte. Seinem Verleger hatte er »etwas gut Verkäufliches« versprochen, »etwas mit mehr Klang und Farbe als zuvor, damit die Leute hören und sehen«. Beider Optimismus scheint begründet; die erste Auflage ist bereits vor Erscheinen vom Buchhandel geordert; aus Amerika kommen Lizenz-Anfragen.

Doch die Brownings sollten enttäuscht werden. *Athanaeum* verreißt *Men and Women* – »obskur, obskur« –, andere Blätter folgen; die Rezensenten lesen Obszönitäten und Angriffe auf die katholische Kirche aus den dramatischen Monologen der historischen und fiktiven Gestalten heraus. Nach vier Wochen sind von der ersten Auflage kaum hundert Exemplare verkauft. Das war es. »Die Blindheit, Taubheit und Dummheit des englischen Publikums sind erstaunlich«, empört sich Elizabeth. Für sie war er immer der Größere von ihnen, und für diese Überzeugung ist sie »bereit, auf dem Scheiterhaufen zu sterben«.

Wie üblich setzen ihr die englischen Verhältnisse zu. »Es ist mir jedesmal schwer ums Herz, wenn ich nach England fahre. Die Landkrankheit ist schlimmer als die Seekrankheit.« Es regnet, die Finger werden klamm, der Husten schüttelt sie, und die Nässe streckt Peninis Locken zu Schnittlauchsträhnen. Mr. Barretts Aufmerksamkeit ist nicht entgangen, daß die Brownings wieder in seinen Wirkungskreis eingedrungen sind. Regelmäßig holt Arabel den Neffen ab und nimmt ihn mit in die Wimpole Street. Elizabeth kommt dann vorsichtig »nachgeschlichen«. Bei einer solchen Gelegenheit erblickt Mr. Barrett im Treppenhaus einen blondgelockten Knaben, der laut lachend mit seinem Sohn George spielt.

»Zu wem gehört dieses Kind?«

»Es ist Bas Junge«, antwortet George.

»Und was macht er bitteschön hier?« fragt Mr. Barrett und dreht sich um, ohne eine Antwort abzuwarten. Konsequent schneidet er den Faden durch, indem er Arabel und die Söhne – alle reife Herren in ihren Vierzigern – zur Sommerfrische nach Eastborne schickt. Elizabeth kann ihnen nicht folgen, weil sie Robert beim Korrigieren der Druckfahnen hilft. Da rafft sich ihre Schwester zu einem seltenen Akt des Widerstands auf. Sie kehrt für ein paar Tage nach London zurück, um Penini anschließend zu seinen ersten Ferien am Meer zu entführen; ein englisches Meer, ein kühler Wind, aber das Kind amüsiert sich trotzdem nicht schlecht mit Tante Arabel und »mine untles«.

Die Brownings, obwohl mit Druckfahnen überhäuft, gehen aus und pflegen ihre Beziehungen mit den Thackerays, den Carlyles, John Ruskin, dem Kinderbuchautor Charles Kingsley und dem Dichter und ehemaligen Byron-Adlatus James Henry Leigh Hunt. Bei einem Frühstück sitzt Elizabeth neben dem amerikanischen Autor Nathaniel Hawthorne, dem sie besser gefällt als ihre Gedichte (»weniger schrill«). Und an einem Abend besucht sie der Poet Laureate Alfred Tennyson. Der junge Malerdichter Dante Gabriel Rossetti und sein Bruder Michael, Arabel und Sarianna Browning sind ebenfalls anwesend, als Tennyson »mit uns speiste, mit uns rauchte, uns sein Herz öffnete (und die zweite Flasche Port), uns *Maud* von Anfang bis zum Ende vorlas und uns erst nachts um halb drei verließ. Wenn ich ein Herz übrig hätte, ihm würde ich es schenken.«[101]

Das epische Gedicht *Maud* war von der Kritik nicht gut aufgenommen worden. Um so herzerfreulicher wird Tennyson diese Nacht empfunden haben, in der das erlesene Publikum verzaubert von ihm und seinem Werk auf dem Sofa sitzt. Nur drei Jahre älter als Browning, war Tennyson sehr eigen und schüchtern, gleichwohl außerordentlich von sich eingenommen. Elizabeth ist gerührt von seiner »Offenheit, Vertrauensseligkeit und beispiellosen *naïveté.* Stellen Sie sich vor, wie er immer wieder seinen Vortrag unterbrach – ›hier kommt eine wunderbare Stelle – das ist sehr zart – wie schön das ist!‹ Ja, und so war es auch – wunderbar, zart und schön, und er las ganz exquisit mit einer Stimme wie Orgelton; es war eher Musik als Sprache.«[102]

Anschließend wird Browning gebeten, etwas aus seinem neuen Buch vorzutragen. Seine bevorzugte Form, der dramatische Monolog, in dem auch Volkes Stimme mit Flüchen und Ausrufen durchklingt, eignet sich besonders gut zum lauten Lesen, und Browning – so Rossetti – entledigt sich seiner Aufgabe »temperamentvoll und reich an wechselnder Modulation«. Er liest *Fra Lippo Lippi*, in dem der Florentiner Mönch und Maler des 15. Jahrhunderts von einem Wachmann vor einem Freudenhaus ertappt wird und dem Mann seine bewegte Lebensgeschichte erzählt – nur 390 Zeilen lang. In den Stunden zuvor hatte Rossetti verstohlen den zauseligen Tennyson skizziert, wie er mit einem untergeschlagenen Bein und erhobenem Buch im Sessel sitzt. Alles entspricht genau Elizabeth Barrett Brownings Vorstellung von einer gelungenen abendfüllenden Gesellschaft.

Im folgenden Sommer überläßt John Kenyon, der sich pflegebedürftig nach West Cowes auf die Isle of Wight zurückgezogen hat, den Brownings sein herrschaftliches Haus am Devonshire Place. Hier schlagen sie ihre Schreib- und Korrekturwerkstatt auf – diesmal ist es Elizabeths Buch, das in Druck geht – und empfangen ihre Freunde. Anders als Robert, der beim Dichten nicht gestört werden darf, ist es ungefährlich, bei Mrs. Browning einzudringen. Sie legt dann ihre Feder beiseite, um mit den Gästen zu plaudern oder Wilson – die für sie immer noch Wilson und nicht Signora Romagnoli ist – Anweisungen zu geben. Danach nimmt sie die Arbeit an der abgebrochenen Zeile wieder auf. So kann sie auch *Aurora Leigh* zügig vollenden, während die Londoner Setzer schon die Maschinen anwerfen. Im August 1856 sind elftausend Zeilen Blankvers fertig.

Seit Jahren hatte Elizabeth über ein »modernes« Werk nachgedacht, das »in die Salons hineinstürmt, wohin Engel sich nicht wagen«.[103] Obwohl sie es von sich weist, steckt in der Geschichte der Poetin Aurora Leigh – in deren Namen sie sich noch einmal vor Aurore Dudevant alias George Sand verbeugt – auch unübersehbar ein Stück ihrer eigenen Biographie: das eigensinnige Mädchen, das sich nicht mit ein wenig Klaviergeklimper, Kreuzstich und Französisch zufriedengeben will, das ein Buch unter dem Kopfkissen versteckt hat, Gedichte schreibt und morgens durch das nasse Gras in den Park von Hope End hinausläuft.

»... I clenched my brows across
My blue eyes greatening in the looking-glass,
And said, ›We will live, Aurora! We'll be strong.
The dogs are on us – but we will not die.‹«[104]

Im Verlauf der Geschichte weiten sich indessen die Augen des Lesers vor Erstaunen über den bizarren Plot, die unwahrscheinlichen Charaktere und die Tatsache, daß selbst die ungewaschenen Statisten aus dem Londoner Eastend noch in Blankversen sprechen. Der Kern der Geschichte ist der Konflikt einer Künstlerin, die sich zwischen ihrer Poesie und der Liebe entscheiden muß, am Ende beides gewinnt und mit dem geliebten Mann einer idealen neuen Weltordnung zustrebt: »Die Kunst ist viel, allein die Liebe ist mehr.«

Daneben liegen der Autorin sehr viele andere »moderne« Themen auch noch am Herzen, zu denen ihre Protagonisten als Sprachrohr dienen müssen – von der »sozialen Frage«, dem Schicksal »gefallener« Frauen, zu Napoleon III., dem Spiritismus bis zu utopischen Lebensmodellen, für die Mrs. Browning herzlich wenig Verständnis hat. Sie lebe lieber unter der eisernen Ferse des Zaren, schreibt sie, als in einem perfektionistischen Staat, wie ihn Cabet und Fourier sich ausmalten.

Damit spielt sie auf die sogenannten Phalansterien des französischen Frühsozialisten Charles Fourier an, Lebens- und Produktionsgemeinschaften, in denen Arbeit und Vergnügen einander die Waage halten, Männer und Frauen gleichberechtigt ihren Fähigkeiten und Trieben folgen sollten und die Ehe abgeschafft wäre. Im Stadtteil Bayswater hatte Thornton Leigh Hunt, der älteste Sohn des Dichters James Henry Leigh Hunt, eine Art Wohngemeinschaft in diesem Sinne gegründet. Sie hielt nicht lange zusammen, und vielleicht hatte Elizabeth ihr Scheitern und den Namen des Gründers im Sinn, als sie über das schockierende Treiben in Leigh Hall schreibt, wo unter den groben Händen der unkultivierten, neuen Bewohner nicht nur die Möbel zuschanden gehen, sondern auch die Moral unter die Räder kommt und ein Mädchen mit seinem unehelichen Kind sitzengelassen wird.

Daß die Autorin Partei ergreift für dieses reine »Lamm, das unter die Wölfe gefallen ist«, bringt sie in den Verdacht, Feministin zu sein. Doch so leicht machte es Elizabeth Barrett Browning ihren Kritikern nicht. Seit ihrem zwölften Lebensjahr sei sie keine Parteigängerin der Frauenrechte gewesen, schreibt sie, und das Lob, das neuerdings auf Florence Nightingale erschalle, die sich im Krimkrieg aufopferungsvoll um die Verletzten kümmerte, findet sie unangemessen. »Alle Welt liegt jetzt vor diesen Frauen auf den Knien, die Verbände wechseln. Man nennt sie ›wahre Engel‹, während alle jene, die als Denkerinnen oder Künstlerinnen nur einen Zoll vom vorgezeichneten Weg abweichen (und der Menschheit damit größere Dienste erweisen als das Wechseln von Verbänden darstellt), von denselben Männern für ihre Unverschämtheit getadelt werden. Abgesehen von dem schrecklichen Elend des Kriegs glaube ich nicht, daß eine talentierte und gebildete Frau ihr Ziel darin sehen sollte, als Krankenschwester zu dienen.«[105]

In *Aurora Leigh* drängt sie die Frauen, sich Arbeit zu suchen:

»The honest earnest man must stand and work.
The woman also, – otherwise she drops
At once below the dignity of man
Accepting serfdom. Free men freely work.«[106]

Aber welche Arbeit war Frauen würdig – Frauen ihres Standes? Denn Fabrikarbeiterinnen, Dienstmädchen, Putzmacherinnen, Köchinnen oder Pflegerinnen waren ja offenbar nicht gemeint. Elizabeth Barrett Browning war entgangen, daß Miss Nightingale nicht nur Soldaten verpflasterte, sondern im großen Stil auch den Augiasstall der englischen Kriegslazarette ausmistete und den Beruf der Krankenschwester auf professionelle Füße stellte – ein Werk, das den Frauen in ihrem Streben nach Gleichstellung möglicherweise genauso wertvolle Dienste leistete wie sämtliche siebzehn Auflagen von *Aurora Leigh*.

Virginia Woolf, die sich das Buch achtzig Jahre nach Erscheinen vornahm, fand es »anregend und langweilig, unbeholfen und beredt, monströs und überfein, und dies immer abwechselnd [...] Wir lachen, wir protestieren, wir beklagen uns – es ist absurd, es ist unmöglich, wir können diese Übertreibung keinen Augenblick länger ertragen – und trotzdem lesen wir gebannt bis zum Ende weiter.«

Obwohl die Rezensenten *Aurora Leigh* auch bei Erscheinen schon rupften, George seiner Schwester Arabel mitteilte, es sei »schlimmer als *Don Juan*«, ältere Damen bei der Lektüre um ihre Moral fürchteten und viktorianische Mamas ihren Töchtern die Augen zuhielten, wenn sie es auf einem Teetisch liegen sahen, wird das Buch ein Sensationserfolg. »Robert mit dem goldenen Herzen ist völlig außer sich vor Freude; viel mehr, als wenn es sich um sein eigenes Buch gehandelt hätte.« Robert, der nach dem Flop von *Men and Women*, in das er so viel Herzblut und Hoffnung gesteckt hatte, von seinem Freund John Ruskin, der sich mit den Steinen von Venedig besser auskannte als mit menschlichen Gefühlen, über Defizite in seinen Versen belehrt worden war, erhält nun einen Brief von derselben Hand, in dem Ruskin *Aurora Leigh* als »das größte Gedicht in englischer Sprache« preist. Es sei nur noch mit Shakespeares Sonetten vergleichbar. Es bedurfte wahrlich eines hochkarätigen Herzens, um in dieser Lage außer sich vor Freude zu geraten.

Es dauert nicht lange, bis Mr. Barrett erfährt, daß die Brownings sich diesmal um die Ecke von der Wimpole Street niedergelassen haben, und er beeilt sich, seine Nachkommen aus dem Haus zu scheuchen: nach Ventnor auf der Isle of Wight. Doch Robert und Elizabeth packen kurz entschlossen ihre Korrekturfahnen und den übrigen Haushalt zusammen, um den Geschwistern zu folgen und mit ihnen zwei Wochen am Meer zu verbringen. Wie immer ist die Stimmung gut, wenn der Alte nicht seinen Schatten über die Familie wirft. Penini amüsiert sich mit »mine untles« George, Henry und Octavius, die offenbar entschlossen sind, dem Siebenjährigen ein wenig englischen Schneid zu vermitteln. Sollten Zweifel aufgekommen sein, zu welcher Sorte der blondgelockte kleine Engel in den Spitzenpantalons gehört, so zeigt Pen nun, daß er für klare Verhältnisse ist. Einem großen Knaben, der mit ihm Streit sucht, hält er die Faust unter die Nase: »Werden Sie nicht unverschämt, Sir, oder ich beweise Ihnen, daß ich ein Junge bin!«

Elizabeth, die Pen gern so lange wie möglich in einen geschlechtsneutralen Kokon eingesponnen hätte, ist seltsam berührt. Ihr Sohn hatte sich nicht nur zum italienischen Patrioten entwickelt, was seine Eltern durchaus begrüßen, er hegt auch befremdliche anti-britische Gefühle, die er offenbar aus der Überlegenheit nährt, mit der er die italienische Sprache meistert, während die Engländer in Florenz in der Regel ihre »*mouses* shut« halten. Isa Blagden, der Freundin der Brownings, die bekennt, sie sei stolz,

Engländerin zu sein, erwidert Pen: »Aber du bist nur eine Frau, Isa.« Wo hat er das denn her? Elizabeth an Arabel: »Ich bin erschüttert.«

Zwei weitere Wochen verbringen die Brownings auf der Isle of Wight in West Cowes und im Haus von John Kenyon. Es ist ein drastischer Wechsel vom heiteren Familienkreis in das Haus eines schwer Krebskranken voller Geflüster und Leisetreterei. Penini, der sich in Gesellschaft der Onkel austoben durfte, muß sich ruhig verhalten. Elizabeth sieht mit Bestürzung, wie hinfällig der alte Freund geworden ist. Der Mann mit dem »warmen Herzen, dem guten Appetit und dem sonnigen Gemüt« quält sich beim Gehen und Sprechen. Sie hat ihm *Aurora Leigh* gewidmet, und er nimmt es gerührt zur Kenntnis. Lesen kann er das Buch nicht mehr. Er stirbt im Winter desselben Jahres.

Henrietta hatte ihre Schwester gedrängt, sie, Surtees Cook und die drei Kinderchen in ihrem Cottage in Taunton in Somerset zu besuchen. Elizabeth möchte Arabel überreden, sie zu begleiten, aber diese fürchtet sich vor einem überraschenden Kontrollbesuch des Vaters. »Sie ist immer so bedrückt, die Arme, und ganz allein«, erkennt Elizabeth. Obwohl es natürlich richtig ist, daß Arabel Papa umsorgt, kann es ihr nicht zuträglich sein, sich in den Armenschulen auch noch für die Londoner Straßenkinder aufzuopfern. Ihr Leben lang hatte sich die jüngere Schwester den Wünschen des Vaters gefügt, nur um zu erkennen, daß er sie ebenfalls bei der kleinsten Unbotmäßigkeit vor die Tür setzen würde. So ist es nicht verwunderlich, daß sich Arabels Ferienfreude manchmal unmittelbar verdüstert.

Die Brownings reisen allein nach Taunton, wo Penini in Cousins und Cousine neue Spielkameraden findet. Danach brechen sie nach London auf und rüsten sich im Oktober für die Heimkehr nach Italien. »In diesem Jahr werde ich England trauriger als sonst verlassen«, schreibt sie. »Möge Gott uns allen beistehen.« Elizabeth sollte weder ihre Schwester Henrietta noch deren Kinder, noch ihre Freunde in London wiedersehen. Es war ihre letzte Reise über den Kanal.

XX

John Kenyon stirbt Anfang Dezember 1856. »Ich kann mir England gar nicht vorstellen ohne dieses ausdrucksvolle Antlitz, diese hilfreiche Hand, diesen Charakter von königlicher Großmut«, schreibt Elizabeth. Seit Peninis Geburt hatte er die Brownings mit einem jährlichen Patengeschenk von hundert Pfund unterstützt – wenn er die Spende auch manchmal vergaß und sie mit ihren Finanzen in die Klemme gerieten. Testamentarisch vermacht er ihnen eine Summe von 11 000 Pfund, zartfühlend eingeteilt. Robert, der sich nun endlich als der Ernährer der Familie fühlen darf, erbt 6500, Elizabeth 4500 Pfund. Ob sie nicht ein klein wenig enttäuscht seien, fragt Arabel; immerhin hatte der kinderlose John Kenyon noch kurz vor seinem Tod ein gewaltiges Vermögen von seinem Bruder geerbt ... »Nein, wir sind nicht enttäuscht«, antwortet Elizabeth, »obwohl wir das Haus am Devonshire Place sicher nicht zurückgewiesen hätten ...«

Mr. Barrett, der ebenfalls mit einer Zuwendung gerechnet hatte, wird in Kenyons Testament nicht erwähnt und ist sehr verärgert. Vielleicht hätte er seinen Cousin in den vergangenen Jahren einmal zum Essen in die Wimpole Street einladen sollen.

Geldsorgen werden die Brownings von nun an nicht mehr drücken. Robert beginnt wieder zu reiten, und auch Penini bekommt ein Pferd, ein blondes, sardisches Pony, passend zur Haarfarbe, das er nach Jungenart reitet. Gelegentlich kehrt er von seinen Ausflügen mit zerfetzten Bordüren zurück. Seine Mutter fügt sich in das Unvermeidliche und läßt ein Paar Hosen aus festem, weißem Leinen schneidern, »ganz häßlich – nur zum Reiten«. Der schwarze Federhut bleibt ihm erhalten.

Nathaniel Hawthorne, den Elizabeth in London kennengelernt hatte und der sie im Juni 1858 in der Casa Guidi besucht, ist von der Ähnlichkeit zwischen Mutter und Sohn überrascht. Sie ist klein und zart, »beinahe körperlos, mit einem dünnen Stimmchen« und leuchtenden, dunklen Augen. »Es gibt keine zweite Gestalt wie diese auf Erden, und ihre schwarzen, im Nacken zusammengesteckten Locken lassen durch ihre dunkle Fülle ihr Antlitz noch weißer erscheinen.« Er, Pen, ist »schmal, zerbrechlich und geisterhaft ... sehr hübsch, sehr intelligent und seiner Mutter außerordentlich ähnlich. Mit neun Jahren wirkt er zugleich weniger kindlich und weniger männlich, als seinem Alter angemessen« und in seinem Samtröckchen so »unenglisch wie der Bewohner eines fremden Planeten«. Mrs. Browning gleitet in ihrer majestätischen Krinoline zwischen den Gästen umher, während Pen beim Servieren von Erdbeeren und Kuchen hilft. Mr. Browning hingegen steht rund und fest im Salon. Er hat sich der Homöopathie ergeben und dem Wein abgeschworen. »Ich verstehe nicht, wie er darauf zählen kann, daß er eine irdische Frau und einen irdischen Sohn hat«, bemerkt Hawthorne. »Beide scheinen dem Volk der Elfen anzugehören und werden eines Tages davonhuschen, wenn er am wenigsten damit rechnet.«[107]

Die Gäste plaudern über das »inzwischen abgedroschene Thema Spiritismus«, das Mr. Hawthorne gewaltig langweilt. Mr. Browning, der noch einmal die Séance mit D. D. Hume in Ealing zum besten gibt, macht den Eindruck eines lebhaften Mannes, »logisch und vernünftig, wie die meisten Dichter in ihren Alltagsgeschäften wohl sind«. Sein Gast wünschte nur, er würde seinen kleinen Jungen ein bißchen besser füttern, damit auch der Erdenhaftung behielte.

Nachdem Mr. Kenyons Erbe in toskanischen Fonds angelegt ist, könnten Robert und Elizabeth sorgloser leben; doch etwas stört die Harmonie. Nach *Men and Women* schreibt Robert kaum noch neue Gedichte. Statt dessen sucht er Zerstreuung im gesellschaftlichen Leben. Elizabeth hat ihm nie seinen »enormen Überschuß an Energie« geneidet, sein Talent zu plaudern und zu spaßen und seinen Wunsch zu glänzen. »Robert sieht bemerkenswert gut und jung aus – trotz der mondhellen Strähnen in seinem Haar«, widerspricht sie im März 1861 Sarianna, die schreibt, er wirke auf dem letzten Photo wie ein Krämer. »Er ist weder so abgemagert noch so abgespannt wie ich – ganz und gar nicht –, und überall wird er von den Frauen bewundert, daß es schon nicht mehr schicklich ist. Meiner Meinung nach sieht er unendlich viel besser aus und ist viel attraktiver als vor sechzehn Jahren, als ich ihn kennenlernte.«

Und da sie andere Frauen offenbar nicht fürchten muß, hat sie ihn immer ermutigt, ohne sie auszugehen, wenn sie sich nicht aufgelegt oder stark genug fühlte. Sie sei mit einem Buch auf dem Sofa gut aufgehoben. Aber nun? »Er ist eingetaucht in Vergnügungen aller Art, geht von einer Hand zur anderen wie ein Ball, ist zwei Wochen lang jede Nacht ausgegangen und manchmal, zwei-, dreimal bis spät in die Nacht. So viele Ablenkungen und nichts mehr von *Men and Women*, statt dessen viele Männer und Frauen, die von außen kommen.«

Es liegt ein Körnchen Bitterkeit in seinem Scherz, er sei nur der Mann an der Seite einer großen Dichterin, der Korrekturbogenleser, der Alleinunterhalter. In Florenz besucht er mehrmals in der Woche Isa Blagden in ihrer Villa in Bellosguardo, nimmt jeden Tag Zeichenunterricht und beginnt zu modellieren. Er kauft sogar ein Skelett für anatomische Studien und referiert über den abschraubbaren Schädel und die faszinierenden Gelenkverbindungen aus Gummi, bis Elizabeth »schwindelig und schlecht wird«. Sie protestiert: Wenn sie seine Knochen im Haus dulde, dann erwarte sie von ihm, daß er ihre Geister toleriere!

Die Casa Guidi wird ihnen in diesen Jahren zur Last. Im Winter pfeift der eiskalte Tramontana-Wind; im Sommer backt die Stadt in der Hitze. Beides kann Elizabeth immer schlechter vertragen, und so verbringen sie mehr Zeit auf Reisen, in Bagni di Lucca und in Rom, als in Florenz.

Mitte der fünfziger Jahre schwingt nun ein ungeheuerliches Kleidungsstück von Paris nach Italien und bringt Erleichterung an heißen Tagen. Die neue Krinoline, eine Art Korb aus Stahlreifen über dem mehr Stoff als bisher getragen wird, befreit ihre Trägerin gleichwohl von einer Menge zusätzlicher Unterröcke und läßt bei entsprechender Raffung die Füße frei. Frauen benötigen darin viel Raum, passen nur quer durch die Tür, und es bedarf geheimer Zugbänder und Schnappverschlüsse, um sich graziös zu bükken und zu setzen. Elizabeth schätzt den »Jupe Malacoff« als luftiges Gehäuse für ihre Sommerkleider, wogt zu Roberts Freude »in majestätischem Umfang durch die Straßen«, und offenbar gelingt es ihr auch, sich samt Krinoline in einer Kutsche niederzulassen.

Sie fahren in die Hügel von Bellosguardo zu Isa Blagden. Auf der Terrasse ihrer Villa liest der junge Robert Lytton mit dem schönen Haar seine Gedichte vor, »die von den göttlichen Sternen und den Bergen ringsum widerhallten«. Isa, die interessante »elektrifizierende« Frau, und Lytton, der unter dem Pseudonym Owen Meredith Gedichte schreibt, gehören zum engsten Freundeskreis. Elizabeth hofft, die beiden würden heiraten, aber der erste Graf von Lytton, Diplomat und künftiger Vizekönig von Indien, würde kaum eine Verbindung mit einer exotisch aussehenden Frau eingehen, von deren Familie man so gar nichts weiß.

Welche Gefühle in diesen Florentiner Sommernächten auch zwischen den Freunden weben, ob Lytton nicht eher ein Bewunderer von Elizabeth ist und ob Mr. Browning vielleicht ein Auge auf Isa geworfen hat – wir wissen es nicht. In ihren letzten Jahren sollte sich das Verhältnis zwischen Elizabeth und Robert auch ohne den Einfluß Dritter verändern. Die Tuberkulose, die sie so lange in Schach gehalten hatte, wird ihre Kräfte aufzehren und das Opium ihren Sinn vergiften. Die alten Depressionen aus Wimpole-Street-Zeiten werden sie wieder niederdrücken, und sie wird weder aufstehen noch gehen können. Wieder wird Robert sie auf den Arm nehmen und Elizabeth zäh, tapfer und mit einem letzten Funken Humor versuchen, Schwäche und »morbide« Stimmungen abzuschütteln. »Ich trinke nicht nur Eselsmilch, ich habe auch lauter Eselsgedanken.« Aber es sollte ihr nicht gelingen, und am Ende kann auch er sie nicht mehr aus ihrer Dunkelheit hinaustragen.

Der erste Schlag trifft sie im Frühjahr 1857. Obwohl zwischen Elizabeth und ihrem Vater nur noch verbrannte Erde liegt, hat sie nicht aufgehört, sich um ihn zu sorgen und Arabel zu bestürmen, ihr alles zu berichten, was »poor Papa« angeht. Er ist krank; eine alte Verletzung plagt ihn, dazu kommt Asthma. An sein Krankenlager treten Tante Hedley und eine alte Freundin, um ihn doch noch zu einer Versöhnung mit seinen Kindern Elizabeth, Henrietta und Alfred zu bewegen. Er lenkt ein, er wolle für sie beten, aber das erfahren nur die beiden alten Damen. Die Verstoßenen bleiben ohne ein Wort zurück, als Edward Moulton Barrett am 17. April stirbt.

Elizabeth ist wie versteinert. Sie kann nicht weinen, der Schmerz bleibt ihr förmlich in der Brust stecken: »ein hysterisches Würgen hindert mich am Schlucken«. An Arabel schreibt sie: »Es ist, als habe er mir die Tür vor dem Gesicht zugeschlagen, als er fortging. Ich glaube noch immer, daß seine Taten und seine extremen Ansichten seinem Gewissen entsprangen, die Folgen einer falschen Theorie waren, die er als gottgegeben verstand. Aber was mich betrifft – in diesen angstvollen Tagen habe ich gewünscht – nun, es hat keinen Zweck darüber zu schreiben – aber ich habe ihn geliebt – ich hätte mein Leben für das seine gegeben – aber er ging ohne ein Wort.« Würde er sie in der anderen Welt, in die er eingegangen war, verstehen? Würde er vergeben? »In dieser Welt lernen die Geister und wachsen über sich hinaus. Es war mir in den letzten Jahren eine große Hilfe, daß ich mehr über das Leben in dieser anderen Welt verstanden habe.«[108] In den kommenden Monaten wird für Elizabeth der Vorhang zwischen Diesseits und Jenseits sehr dünn werden.

Obwohl sie als die große Schwester heftig dagegen rät – »ständig möchte ich mich einmischen und jedem den Platz zuweisen, auf dem ich ihn sehen will. Ich weiß, das ist dumm und aufreizend« –, lösen die Überlebenden in der Wimpole Street in pietätloser Eile den Haushalt auf und trennen sich. Arabel, von Elizabeth bestürmt, zu ihr nach Italien zu kommen, kauft ein Haus in London und nimmt die kleine Tochter eines Cousins zu sich. George zieht aufs Land, Henry heiratet; Septimus und Octavius siedeln nach Jamaika über, dafür läßt sich ›Stormie‹ für eine Weile in Wales nieder. Sollte Edward Barrett tatsächlich gefürchtet haben, seine Nachkommen könnten Anzeichen von »Sklavenblut« tragen, so war sein Sohn Charles John in dieser Angelegenheit ganz unbesorgt. Mit einer farbigen Frau zeugte er zwei Töchter und heiratete später die Gouvernante seiner Mädchen, »eine gebildete braune Frau guter Herkunft«[109]. Heute leben Barretts sonder Zahl auf der Insel, die ihre Herkunft auf die Plantagenbarone aus England und ihre farbigen Frauen zurückführen.

Elizabeth ist enttäuscht, daß ihre Schwester nicht nach Florenz ziehen will, »aber nun bin ich darüber hinweg; von Anfang an wußte ich, daß jeder Mensch, der sein Leben wählen kann, es nach seinen oder ihren Vorstellungen tun soll und nicht nach denen der anderen«.

Den Sommer 1857 verbringen die Brownings wieder in Bagni di Lucca in Gesellschaft von Lytton und Isa Blagden und einer neuen Bekanntschaft, dem Ehepaar Eckley, schwerreichen Amerikanern. Doch ihre Ferien stehen unter keinem guten Stern. Zuerst verläßt Lily Romagnoli, die eine komplizierte zweite Schwangerschaft durchstehen muß, ihre Herrschaft. Dann wird Lytton krank, und Robert opfert sich, abwechselnd mit Isa Blagen an seinem Bett zu wachen. Kaum ist der junge Mann wieder auf den Beinen, steckt sich Penini mit dem Fieber an, und Elizabeth ist so außer sich vor Sorge, daß sogar das Kind meint, sie trösten zu müssen: »Denk dir doch einfach, ich sei nur ein armer, kleiner Junge von der Straße; dann kannst du ein bißchen traurig sein, aber nicht unglücklich.« Er erholt sich bald, aber seine Mutter ist »vollkommen zerschlagen«.

Das nächste Unglück trifft Browning. Auf einem Reitausflug in die Berge stürzt sein Pferd »kopfüber in einen zwanzig Meter tiefen Abgrund. Ein Baum bremste den Fall. Robert rettete sich wundersamerweise, indem er sich an einen

Felsvorsprung klammerte, als der Weg unter den Hufen des Pferdes nachgab.« So schildert sie Arabel den Vorfall, den man ihr erst am Tag darauf behutsam beibringt. Sie ist »sehr erschüttert, aber nicht krank. Ich könnte dir jetzt ebenso gut schreiben – oder dir wohl eher nicht schreiben – ohne Mann und ohne Kind.« Robert bleibt unverletzt, das Pferd erstaunlicherweise auch. Nur der Sattel ist hinüber.

Gefährlicher als Peninis Fieber ist in diesem Sommer die neue Freundschaft mit Sophia Eckley. Die junge, reiche, literarische, »engelhafte« Amerikanerin versteht sich ihr angenehm zu machen. Bald wird sie »Schwester im Geist« genannt – von Elizabeth, nicht von Robert. Der erkennt, daß sich eine »Mutter aller Lügen« in ihre Ehe einzuschleichen beginnt, die er nicht einfach die Treppe hinunterwerfen kann. Mrs. Eckley ist über alles Jenseitige bestens informiert; und sie ist immer in ihrer Nähe: in Bagni di Lucca, in Florenz, in Rom. Jeden Tag kommt sie mit Geschenken oder unwiderstehlichen Angeboten, etwa auf der nächsten Winterreise nach Rom ihre große Kutsche mit den Brownings zu teilen, oder bei einem Maler ein Porträt von Mrs. Browning in Auftrag zu geben, ein Übergriff, den Robert nur mit Mühe abwehren kann. »Tatsächlich hat sie es sich in ihren Brausekopf gesetzt, sich in mich zu verlieben«, lächelt Elizabeth.

Nicht, daß ihr die Eigentümlichkeiten des Ehepaars Eckley entgangen wären. Mr. E. liest seiner Frau mit irritierender Beflissenheit jeden Wunsch von den Augen ab, eine Haltung, die er auf die Brownings auszudehnen droht. Mrs. E. verehrt Elizabeth mit einer Innigkeit, daß diese manchmal um ein wenig Abstand und um weniger teure Gaben bitten muß, aber »Du tust mir so gut, Liebes, mit Deinem süßen, reinen, harmonischen Geist«. Die »weiße Rose« Sophia Eckley bietet sich ihr als ganz persönliches Medium an, und Elizabeth fühlt sich getröstet. Vor ihr kann sie all die Dinge aussprechen, die ihr so wichtig sind, und von denen Robert nichts mehr hören will. Sie praktizieren zusammen automatisches Schreiben, und Sophia ruft in Trance Geister an, die sich mit Barrett melden. Elizabeth hört nichts, aber »ich bin nicht verrückt, Arabel – o nein. Der Umgang mit dem Unsichtbaren macht mich ruhig und glücklich – voller Hoffnung und Verständnis für die beiden Welten.«

Vielleicht gelingt es ihren irdischen Lieben – Arabel, Isa, Robert – doch mit der Zeit, Elizabeth einen Verdacht einzupflanzen. Sie kann noch immer für sich selbst denken, und nach zwei Jahren begreift sie langsam, daß sie einer Schwindlerin aufgesessen ist. Es gibt Dinge, die nicht zusammenpassen, und andere, bei denen Sophia offenbar falsch verbunden ist. Sämtliche Elizabeth zugeordneten Geister – ihr Bruder, ihr Vater, John Kenyon, Onkel Sam –, die ausführliche Botschaften durchgeben, sprechen amerikanisches Englisch. Niemals im Leben haben sie sich der Sprache bedient, die durch Sophia Eckleys Mund tönt, und niemals der Wendungen, die ihr von Geisterhand geführter Stift aufs Papier krakelt. »Das ist ganz unmöglich«, schreibt Elizabeth. Sie beendet die Freundschaft, aber ihre 121 Briefe an die liebe Sophie bekommt sie nicht zurück. Damit würde sich Mrs. Eckley nach Elizabeths Tod noch eine Weile tränenreich vor der Welt brüsten.

Im Sommer 1858 gelingt es den Brownings, die Gesellschaft des Ehepaars E. abzuschütteln und allein nach Norden zu dampfen; diesmal nur bis in die Normandie, denn sie trauen dem englischen Klima nicht. Wie wunderbar hat sich jedoch das Verkehrswesen in den letzten zehn Jahren verändert! Statt mit der Postkutsche durchs Rhônetal zu rumpeln und sich Knie und Ellenbogen wundzustoßen, nehmen sie von Marseille den Expreßzug nach Paris, komfortabel ins Abteil eingenistet mit Büchern und Zeitschriften, »fern von unangenehmen Besuchern und ohne Angst vor schrecklichen Briefen ... sogar außerhalb der Reichweite des Telegraphen, über den man spotten kann, während die Drähte am Fenster vorbeifliegen«.

Nach kurzem Aufenthalt in Paris reisen sie weiter an die Küste. Etretat ist schön, aber zu teuer und der Badestrand öffentlich. Elizabeth möchte nicht angestarrt werden. Dann Le Havre: Industrie auch schon vor 150 Jahren. Es stinkt, doch sie finden nichts Passenderes. Aus England kommen ihnen Barretts und Brownings entgegen, Arabel, die Brüder, Sarianna und der alte Mr. Browning, Peninis »Nono«. Es ist ein solcher Auftrieb, ein solches Durcheinandergerede, daß sich keiner so recht erholt. An Schreiben ist nicht zu denken. Obwohl ihr die Seeluft wohltut, sitzt Elizabeth die meiste Zeit nur am offenen Fenster, aus dem sie eine Reihe von Badehütten, aber keinen Strand sieht. »Ich knikke so leicht zusammen wie ein Stöckchen, und das immer viel zu früh und unerwartet.«

In Le Havre betritt sie zum erstenmal ein Photoatelier. Die Mode, Autorenportraits in Bücher zu drucken, kommt gerade erst auf. So blickt sie vom Vorsatzblatt der vierten Auflage von *Aurora Leigh* im Halbprofil: zwei prüfende Augen unter einer hohen, glatten Stirn, eine überraschend große Nase, ein langer Mund, kein Lächeln. Die schwarzen Locken und der schwarze Spitzenkragen rahmen ihr ernstes Gesicht. Man sieht ihr die zweiundfünfzig Jahre nicht an. Ihre Gestalt ist schlank und aufrecht. Krinoline und ein absurder Cul de Paris bauschen die Schöße ihrer schwarzen Samtjacke und den weiten Rock.

Nach zwei Monaten haben alle genug voneinander. Robert und Elizabeth fahren zurück nach Paris und nehmen Arabel mit. Endlich finden die Schwestern Zeit, sich gründlich auszutauschen und die Auslagen der Hutgeschäfte anzusehen. Als die Brownings im Oktober in Florenz eintreffen, hat auch dort der Winter begonnen. Es dauert keine drei Wochen, dann sind sie wieder reisefertig. In der bequemen Kutsche der Eckleys rollen sie alle zusammen nach Rom.

XXI

Elizabeths Gesundheit ist nicht nur von Hitze und Wind abhängig, sondern auch vom politischen Klima. 1859 befindet sich Italien im Rausch des Risorgimento, der vaterländischen Wiedergeburt. »Wir italienischen Patrioten« – sie und Penini – sind mitgerissen. Es herrscht Krieg. Napoleon III. hatte sich mit König Viktor Emanuel II. von Sardinien und Piemont verbündet, um die Österreicher aus Oberitalien zu vertreiben. Im Jahr darauf marschiert Garibaldi mit seinen Rothemden und befreit Sizilien und Neapel von den Bourbonen. »Mich überkommen abwechselnd kalte Schauer der Bangigkeit und Weißglut«[110] – letztere auf die Engländer, die ihren italienischen Alliierten aus dem Krimkrieg nicht beispringen und sich neutral verhalten.

Robert Browning, »too British«, um alle seine vaterländischen Gefühle über Bord zu werfen, gewahrt mit Sorge dieses politische Wechselfieber. Elizabeth kann kaum noch schlafen und über nichts anderes mehr sprechen. Jeder Sieg der »heiligen Sache« beflügelt sie, jeder Rückschlag schnürt ihr die Brust zusammen und läßt sie »vor Wut schluchzen«.

Im Juni 1859 erringen Franzosen und Italiener bei Magenta und Solferino zwei große, aber verlustreiche Siege gegen die Österreicher. Als die Brownings von Rom nach Florenz zurückkehren, ist Großherzog Leopold II. gerade wieder einmal geflohen, und die Franzosen haben in den Cascini Gärten ihr Heerlager aufgeschlagen. Beim Einfahren in die Stadt schwenken Robert und Pen die Hüte und schreien »Viva!« zum Fenster hinaus. Die ganze Stadt ist in Feierlaune. Man sieht vornehme Florentinerinnen im Sonntagsstaat zu den Cascini Gärten hinauspilgern und mit den

Soldaten tanzen und scherzen. Alle Straßen sind beflaggt, und auch Penini hängt eine italienische und eine französische Trikolore vom Balkon.

Die meisten Anglo-Florentiner verlassen die Stadt, aber »wie Du weißt, blühen wir in der revolutionären Atmosphäre richtig auf«, schreibt Elizabeth an Henrietta. Niemals zuvor sei sie so glücklich gewesen; nicht nur, weil Italien frei und einig sein sollte, sondern auch, weil dieser Krieg »alle Feindschaften endigen und selbst England über seine niedrige und eigensüchtige Politik erheben wird«. Der Sieg scheint zum Greifen nahe, da macht Napoleon III. im Juli einen Rückzieher und schließt in Villafranca mit den Österreichern einen Waffenstillstand.

Es ist das Ende der großen vaterländischen Party. Fassungslosigkeit schlägt in Wut auf den »Verräter« um. Die Bilder und Büsten des Empereur verschwinden über Nacht aus dem Stadtbild. Der entgeisterte Pen muß dringend gebeten werden, die Trikolore einzuholen und sein Napoleon-Medaillon von der Jacke zu nehmen. Die Toskana gehört wieder zur Österreich. Der Großherzog kann zurückkommen.

»Ich bin vom Mond gefallen, wo ich Hand in Hand mit einem wunderbaren Traum gewandelt bin, der sich im Nu verflüchtigt hat. Kummer und Verzweiflung haben uns in einem Maße überwältigt, das ihr Euch nicht vorstellen könnt«, schreibt Elizabeth an die Schwestern. »Wir können es alle nicht fassen, sind wie betäubt.« Doch sie findet schnell Gründe, ihren gefallenen Helden wieder aufzurichten. »Die Leidenschaft des Augenblicks ist vorbei, und wir besinnen uns auf die Gerechtigkeit – und kommen zu der Einsicht, daß die erste Pflicht des Kaisers in Frankreich liegt. Die Italiener haben sich als äußerst großmütig in ihrer Dankbarkeit erwiesen. Vermutlich – nein, ganz gewiß –

war der Kaiser von den edelsten Motiven zu seinem Handeln getrieben – Aber ach, wozu? [...] Natürlich glaubt ihr alle, ich sei verrückt geworden, was die Politik betrifft, aber ihr könnt von Eurem Standpunkt aus nicht beurteilen, was ich von dem meinen aus sehe und fühle.«

Sie sieht und fühlt, daß Napoleon viel für die Einigung Italiens getan, sein Leben und seine Dynastie gewagt habe und daß am Ende die anderen, die ihm ihre Hilfe versagt oder ihn bedroht hatten, die Schuld trügen. »Die ganze Verantwortung und die Scham des Versagens liegen bei England, Preußen und Deutschland. So! Und jetzt will ich nicht mehr darüber sprechen.« (Tatsächlich war es die Regierung von Lord Palmerston, die an einem starken, geeinten und von Frankreich unabhängigen Königreich Italien interessiert war und nicht Napoleon III., der eine Konföderation unter dem Einfluß Frankreichs und des Papstes im Sinn hatte.)

Der Frieden von Villafranca hatte Elizabeth »wie ein Blitz« niedergestreckt, und sie leidet unter einem Husten, der sich nicht stillen läßt. Sie kann »nur weinen und sich in ein hilfloses Wüten hineinreden«. Der Arzt verschreibt Luftveränderung. Am 30. Juli wird sie »wie ein dunkler Schatten« von Robert aus der Casa Guidi getragen, in die Kutsche, von dort ins Eisenbahnabteil, in Siena wieder hinaus, in die Sommervilla und ins Bett. Nach einer Woche kann sie noch immer keine drei Schritte ohne Hilfe tun. Er trägt sie ans Fenster. In der Ferne liegen die blauen, von Weinbergen gestreiften Hügel und unter ihr der Garten mit Zypressen, Ilexsträuchern und einem großen Feigenbaum. Langsam beginnt sie sich so weit zu erholen, daß sie an Roberts Arm in den Garten hinuntergehen kann.

Auch ihre politischen Hoffnungen richten sich wieder

auf. Villafranca war nicht das Ende. Österreich hat die Lombardei verloren, und große Teile Italiens, darunter die Toskana, stimmen für einen Anschluß an Sardinien unter König Viktor Emanuel. Napoleon kassiert zum Ausgleich für seine bisherigen Bemühungen Savoyen und Nizza. »Was Italien betrifft, so habe ich mir Zügel angelegt, um nicht wieder auf das Ideal zu hoffen – Ich achte darauf, nicht noch einmal vom Sonnenwagen herunterzufallen.«

Im Januar 1860 soll ein internationaler Kongreß in Paris über die Zukunft Italiens entscheiden, auf dem Graf Benso von Cavour, der Architekt des Risorgimento, plant, die Weichen für eine konstitutionelle Monarchie unter Viktor Emanuel II. zu stellen. Die Konferenz wird indessen aufgeschoben, Cavour stirbt im Jahr darauf, und so findet der Gipfel schließlich nur in Elizabeths Gedicht *Poems before Congress* statt, eine lange pathetische Rechtfertigung der napoleonischen Politik mit Ausfällen gegen das übrige Europa. Sie liest Penini aus dem Manuskript vor, und er wirft sich weinend aufs Sofa. Das englische Publikum ist nicht annähernd so berührt davon. Es überrascht sie nicht. Ihr Blick geht weit über das Tagesgeschehen hinaus:

»No more Jew nor Greek then, – taunting
Nor taunted: – no more England nor France!
But one confederate brotherhood planting
One flag only, to mark the advance,
Onward and upward, of all humanity.«[111]

Dieser ideale Zustand einer global geeinten Nation kann jedoch nur erreicht werden, wenn sich die diesseitige und die jenseitige Welt vereinen. Dann, so hofft sie, wird Pen »ein Weltbürger nach meinem Herzen sein und bereit für das neue Jahrtausend«. Browning ist verärgert über die englischen Kritiker und die schlechte Presse, aber eine Rezension erfreut sein Herz: Das *Spiritual Magazine*, das er dank ihres Abonnements regelmäßig sieht, schreibt, die Autorin sei seit *Aurora Leigh* »vom Bazillus höllischer Geister infiziert«. Sein »Ha!« zaubert ein Lächeln auf Elizabeths Gesicht, »ein kleiner Fortschritt in der trüben Stimmung, in der ich mich zu dieser Zeit befand«.

Der Winter in Rom bringt sie nicht wieder auf die Beine, aber sie besteht darauf, das Schmuckstück zu besichtigen, das ein römischer Juwelier angefertigt und in seinem Geschäft ausgestellt hat: zwei Schwerter, die den gemeinsamen Sieg von Napoleon und Viktor Emanuel symbolisieren. Eingemummelt in Pelze, Haube und Muff und mit Fußwärmern in der Kutsche, machen sie sich auf den Weg in die Stadt. »Bei Castellani wurden wir sehr zuvorkommend empfangen. Man machte uns Komplimente als Dichtern und Freunden Italiens und bat uns um Autogramme. Wir kehrten in einem Glorienschein zurück, nur um zu Hause zusammenzubrechen – ich jedenfalls brach zusammen – und war dem Tod nahe. Siehst du, ich kann mich nicht einfach nur erkälten. Alle meine schlimmen alten Symptome sind wieder da: Erstickungsanfälle, Herzrasen und ein Husten, der mich in Splitter reißt.«

Die Photos, für die sie im Juni 1860 Hand in Hand mit Penini posiert, zeigen, wie sehr sie sich in den letzten zwei Jahren verändert hatte. In Le Havre stand sie aufrecht und mit glatter Stirn im Atelier. In Rom sind ihre Locken noch immer dunkel, aber sie wirkt müde und abgezehrt. Die Haut spannt über den Wangenknochen; der Kopf ist dem kleinen Jungen in Samtjacke und Tanzschuhen zugeneigt, der in einer angedeuteten Ballettposition neben ihr steht oder auf der Lehne ihres Sessels sitzt, und anders als sein ein wenig mondsüchtiger Blick in die Ferne, sind ihre Augen mit einem wissenden Lächeln auf den Betrachter gerichtet. An Arabel schreibt sie: »Ich gefalle mir nicht, denn nach Frauenart bin ich natürlich eitel, und ich mag nicht so schwarz und alt aussehen. Aber Penini wiegt alles wieder auf. Ist er nicht entzückend?«

Im März 1860 war Anna Jameson gestorben. Ihre Nichte hatte es Elizabeth unverblümt mitgeteilt. Robert war schokkiert von so viel Gedankenlosigkeit. Schlechte Nachrichten kann seine Frau kaum noch ertragen. Jede Unglücksbotschaft läßt sie tiefer in ihrer Trostlosigkeit versinken. Daß Henrietta krank ist, erfährt sie nur zwischen den Zeilen. Man verschweigt ihr die Diagnose des Londoner Arztes. »Ich bin es so leid, krank und nutzlos zu sein und ewig geschont werden zu müssen«, aber sie ist einverstanden, daß Robert ihr aus Arabels Nachrichten nur das Nötigste mitteilt. Im November stirbt Henrietta, die leichtfüßige, die polkatanzende Schwester, Mutter von drei kleinen Kindern. Robert hofft, daß die Winterreise nach Rom ihm ein wenig Aufschub gewähre. Aber ganz gleich, wie schonungsvoll er es ausspricht, Elizabeth ist wie zerstört. Wieder kann sie nicht weinen, nicht sprechen, nicht essen. Die schwarzen Schwingen ihres »Überlebenselixiers« tragen sie in die Tiefe und in eine uferlose Traurigkeit.

Als Sophie Eckleys Schwester gestorben war, hatte sie ihr geschrieben: »Sie ist dir nun näher als im Leben, verstehst du? Störe sie nicht dort, wo sie jetzt ist durch unvernünftige Trauer, sondern ziehe sie durch Glauben und Gewißheit immer näher zu dir – und noch näher, bis ihr auf immer miteinander vereint seid.«

Henrietta aber kann sie »nicht sehen und hören«, obwohl sie nach ihrer Überzeugung »nur im Zimmer nebenan« weilt. »Ba ist schwach und ganz verzweifelt«, schreibt Robert an Isa. »Irgendwann wird sie über diesen Kummer hinwegkommen, aber noch ist sie sehr niedergedrückt. Was hatten wir für einen elenden Weihnachtstag!«[112]

Drei Monate später, am 17. März 1861, nimmt Viktor Emanuel II. den Titel König von Italien an. Nur Venedig und Rom gehören noch nicht zum Bund. England ist die erste Nation, die das neue Königreich anerkennt. Es wird Elizabeth vielleicht ein wenig milder gestimmt haben. Sie fühlt, es ist ihre christliche Pflicht, heiter zu sein, aber es strengt sie nur an, und sie fühlt sich unnütz und unwert. Robert redet ihr zu, Freunde zu sehen, etwas zu tun, das sie vom Brüten ablenkt. Sie gibt ihm recht, aber sie unternimmt nichts.

An dem Junitag, als die Brownings von Rom zurück nach Florenz reisen, wehen an den Fahnen schwarze Trauerbänder. Graf Benso von Cavour, der Italien zur Einheit geführt hatte, ist gestorben. »Wenn Blut und Tränen ihn hätten erhalten können – ich hätte ihm die meinen gegeben«, schreibt Elizabeth.

Die Sommerhitze wabert zwischen den Mauern, und es scheint ratsam, in die Berge zu fahren. Sollten sie die Casa Guidi nicht ganz aufgeben, da sie in den letzten Jahren nur ein pied à terre in Florenz war und ein viel zu großer dazu? »Aber ich kann Florenz nicht verlassen; ich mag Florenz!« Und da sie zu schwach zum Reisen ist, bleiben sie in der Casa Guidi, schließen die Jalousien, und wenn sich abends die Musselinvorhänge in einer leichten Brise regen, wird Mrs. Brownings Sessel in den Durchzug gerückt. Dort sitzt sie in ihrem Nachthemd, zusammengerollt wie ein kleiner Hund, und liest Zeitung, trinkt Tee mit Isa. Auf der Terrasse blühen Zitronen, Granatäpfel und Engelstrompeten, aber wenn Robert ihr den Arm reicht, um ein paar Schritte mit ihr zu wandeln, reicht ihre Kraft nicht bis zur Tür.

Elizabeths schlechte Phasen, ihre Krankheit, ihre Absencen haben die Brownings sechzehn Jahre lang miteinander durchgestanden. Aus jeder Schwäche hatte sie sich wieder erheben können, aber im Sommer 1861 ist sie an Körper und Seele erschöpft.

Dennoch ahnen beide nicht, wie nahe das Ende ist. Sie hat sich im Durchzug erkältet und hustet die Nächte durch. Ihr Arzt diagnostiziert Wasser im rechten Lungenflügel. Sie winkt ab: ach, die Ärzte – sie verstehen ihren Fall nicht. Wie oft ist sie abgehört und abgeklopft worden. Der eine sagt die rechte Lunge, der andere die linke. Ganz sicher würde es ihr bald besser gehen. Vielleicht sollten sie doch noch in die Berge fahren. Luft! Luft! Robert sitzt die meiste Zeit bei ihr, füttert sie mit Rinderbrühe und reibt ihr mit einem kalten Schwamm Arme und Hände ab.

Am Vorabend des 29. Juni 1861 kommt Isa, und Elizabeth flüstert: »Es geht mir schon so viel besser.« Sie will wissen, was die Zeitungen schreiben. Robert befiehlt: keine Aufregung, Isa! Schluß! Aber als er den beiden den Rücken kehrt, wispert Elizabeth weiter: Cavours Nachfolger? Ist er fähig? Ja? Das habe ich mir gedacht. Sie nimmt starke Dosen Morphium, und in der Nacht scheint sie das Bewußtsein zu verlieren: »Kennst du mich?« fragt er angstvoll. Sie legt den Arm um ihn: »Dich kennen? – mein Robert – mein Liebster. Unser Leben liegt in Gottes Hand.« Sie küßt ihn wieder und wieder, und als er sie niederlegt, küßt ihr Mund weiter die Luft und dann ihre erhobenen Hände. »Liegst du bequem?« – »Wunderschön.« Sie schläft, aber nun weiß er, daß sie dem Tod nahe ist.

Früh um halb fünf, als sie von Erstickungsanfällen geschüttelt wird, richtet er sie auf. »Dann kam, was mein Herz bewahren wird, bis ich sie wiedersehe – der vollkommenste Ausdruck ihrer Liebe zu mir, seit ich sie kenne. Immerfort lächelnd, glücklich mit dem Gesicht eines kleinen Mädchens, starb sie in meinen Armen, ihr Haupt an meiner Wange. Da gab es kein Sichhinschleppen, keinen akuten Schmerz, keine Vorahnung der bevorstehenden Trennung; Gott nahm sie zu sich, wie wir ein schlafendes Kind aus einem dunklen unbequemen Bett aufnehmen würden, in unsere Arme und ins Licht.«

Wie ich dich liebe? Laß mich zählen wie.
Ich liebe dich ...
Mit allem Lächeln, aller Tränennot
Und allem Atem. Und wenn Gott es gibt,
will ich dich besser lieben nach dem Tod.[113]

Freunde, die Robert Browning am nächsten Tag besuchen, finden ihn gefaßt. »Der Kreis hat sich geschlossen«, sagt er und schaut sich im Salon um. »Hier sind wir vor fünfzehn Jahren eingezogen, hier wurde Pen geboren, hier hat Ba ihre Gedichte für Italien geschrieben. Jeden Tag sind wir zusammen ausgegangen oder ausgefahren, und einmal ist sie mit mir bis nach Bellosguardo und zurück gelaufen. Das war ihre beste Zeit. Aber ihre Wege wurden immer kürzer; immer seltener ist sie aus dem Haus gegangen, und am Ende war auch das vorbei. Wenn ich auf diese letzten Jahre zurückblicke, weiß ich: Wir sind auf einem Strohhalm über den Abgrund geschritten.«[114]

XXII

Elizabeth Barrett Browning wird auf dem protestantischen Friedhof in Florenz beigesetzt.

Wenige Wochen später löst Robert Browning die Casa Guidi[115] auf und zieht mit Pen nach England. Noch in Italien hatte er die Idee zu einem Gedicht über einen römischen Kriminalfall: *The Ring and the Book*, ein gewaltiges Versepos, das dem über Fünfzigjährigen endlich Anerkennung und Erfolg bringen würde. Plötzlich ist er ein Mann des öffentlichen Lebens. Sogar die Queen bittet ihn zum Tee. Herzhaft, gut aufgelegt und umtriebig, aber noch immer ein wenig der König aller Mystiker, pflegt er Freundschaften mit vielen Damen, doch wenn es ernst wird, müssen sie sich sagen lassen, daß sie alle nur Dritte im Bunde sein würden. Seine Seele ist weiter mit Elizabeth vermählt, sein »Herz liegt in Florenz begraben«, und wenn er heirate, geschähe es nur um seines Sohnes willen.

Sollte Isa Blagden, die Pen nach Elizabeths Tod beherbergt hatte, damit gerechnet haben, die zweite Mrs. Browning zu werden, so gibt sie nach zwei Jahren in London den Gedanken auf und zieht zurück nach Florenz. Elizabeths Andenken ist Browning heilig; sie wird zunehmend selbst zur sakrosankten Person. Er erlaubt keinem Biographen über sie zu forschen oder zu schreiben, und jede Kritik ahndet er mit lodernden Gegenangriffen. Den größten Teil seiner Privatkorrespondenz verbrennt er, aber er kann sich nicht dazu entschließen, den Briefwechsel mit Elizabeth zu vernichten. Pen sollte ihn erben und 1899 veröffentlichen.

»Stört Sie diese ganze Schmeichelei nicht?« wurde der alte, stramme, silbergelockte Browning von Studenten gefragt, nachdem die Universität Oxford ihm einen Ehrendoktor verliehen hatte. »Stören. Aber nein. Ich habe vierzig Jahre darauf gewartet, und nun ist es mir angenehm.«

Robert Browning, gefeiert als der große viktorianische Weise und bedeutendste Dichter seiner Zeit neben Alfred Tennyson, überlebte seine Frau um fast dreißig Jahre. Er starb am 12. Dezember 1889 im Haus seines Sohns in Venedig. Statt in Elizabeths Nähe zu ruhen, wie er es gewünscht hatte, wurde er nach London überführt und in Poets' Corner in Westminister Abbey beigesetzt.

Eine Woche nach Elizabeths Tod fielen Pens goldene Locken. Auch die Federhüte, Tanzschuhe und Spitzen verschwanden. Der Zwölfjährige »trägt die Haare kurz, und in langen Hosen ist er ist auf einmal ein Junge wie jeder andere. Ich hätte sonst eine Zofe einstellen müssen«, schreibt Browning an Sarianna. Er wolle in Zukunft nur noch für Pen leben und seine Erziehung ganz im Sinne von Elizabeth fortsetzen. Allerdings tat er nichts dergleichen. Seine gereizte Reaktion auf den Rat von Freunden, Pen in Italien zur Schule zu schicken, verriet etwas von dem schwelenden Zorn auf die pädagogischen und patriotischen Prinzipien seiner Frau, denen Browning rasch entsagte.

»Natürlich ist Pen Engländer und wird es immer sein, so wie ich Engländer bin. Auch seine Mutter war Engländerin bis ins Mark, und sie verachtete alle unenglischen Züge: Feigheit, Schmähung und Lügen.« Aber Pen war nicht wie sein Vater, und er verwand den Abschied von seiner toskanischen Heimat nur schwer. Immerhin durfte er sein Pony mit nach London nehmen. Als Heranwachsender erfüllte das Beinahe-Wunderkind keine von Brownings Erwartungen. Obwohl er es eigentlich besser wissen sollte, versuchte der Vater ihn nach seinen Vorstellungen zurechtzustutzen und in eine Universitätskarriere zu drängen, die seinem »Schmetterling« von Sohn zutiefst widerstrebte. In Oxford tat sich Pen weniger als Altphilologe denn als Sportler, Billardspieler und Schuldenmacher hervor und verließ die Universität ohne Abschluß.

Am Ende versuchte er es mit der Malerei und Bildhauerei. Er hinterließ der Welt neben allerlei Historischem auch ein ausgezeichnetes Portrait seines würdigen Vaters im Ehrendoktorgewand. Browning, der Pens Ausbildung zum Künstler finanziert hatte, war erleichtert, als der Sohn mit 38 Jahren eine junge, reiche, amerikanische Dame heiratete, von ihrem Geld den verrotteten Palazzo Rezzonico in Venedig kaufte und opulent herrichtete. Seine Frau sollte ihn schließlich verlassen, weil sie die Gemächer mit wechselnden Geliebten teilen mußte und Pen im Keller eine Python hielt.

In mittleren Jahren hätte vermutlich nicht einmal mehr die Mutter ihren Sohn erkannt: Pen war stämmig geworden, sein Kopf rund und fast kahl, und er hatte sich einen mächtigen dunklen Schnurrbart wachsen lassen. Nach Brownings Tod nahm er Lily Romagnoli zu sich, die schon zu Elizabeths Lebzeiten Anzeichen von religiösem Wahn gezeigt hatte, und sorgte für sie bis zu ihrem Tod.

Anmerkungen

1 EBB an RB, 19. Sept. 1846
2 EBB an RB, 20. Dez. 1845
3 RB an EBB, 16. Mai1845
4 EBB: *Glimpses into my own Life and Literary Character*, in Caplan S. 140
5 EBB an RB, 15. Januar 1845
6 EBB an Mary Mitford, 21. Dez. 1842
7 EBB an RB, 21. Januar 1846
8 1930 legte Rudolph Besier in seinem Drama *The Barretts of Wimpole Street* die Figur des Mr. Barrett als einen von inzestuösem Begehren getriebenen gewalttätigen Schurken an. In der Verfilmung spielt Charles Laughton die Rolle. Vom Regisseur angewiesen, seine Sprache wegen der Zensur ein wenig zu mäßigen, erwiderte er: »Aber das Glitzern in meinen Augen können sie nicht zensieren.«
9 EBB an John Kenyon, 1. Mai 1848
10 EBB an Mary Mitford, 21. Nov. 1842
11 EBB an RB, 11. Januar 1845
12 RB an EBB, 17. Nov. 1845
13 EBB an Julia Martin
14 EBB an RB, 26. Juli 1845
15 EBB an Mary Mitford, 4. Mai 1843
16 EBB an RB, 14. November 1845
17 Und während sie schrien und sich krümmten / und sich ein- und auswärts wanden, / wuchsen sie immer weiter / und ihr Klagen klang wie menschlicher Laut.
18 Ich schrecke vor diesem namenlosen Trunk zurück / der zu solch überirdischen Dingen verhilft / Und wenn eine Droge in diese Höhen führte / würde ich ihren trügerischen Flügeln nicht trauen; – Damit ich nicht, sollte ich aus dieser Höhe stürzen / noch schwerer als ein hölzern' oder steinern' Götzenbild fiele – / ein warnendes Beispiel all jenen, die / auf Schwingen fliegen, die nicht ihre eigenen sind.
19 EBB an Sophia Eckley

20 Virginia Woolf, *Der gewöhnliche Leser* 2, S. 238
21 RB an EBB, 27. August 1846
22 Den Titel erklärte er so: »Rabbiner setzen Glocken und Granatäpfel symbolisch gleich mit Vergnügen und Gewinn, Fröhlichkeit und Ernst, Poesie und Prosa, Singen und Predigen.« RB an EBB, 18. Okt.1845
23 RB an EBB, 10. Jan. 1845
24 EBB an Mrs. Martin, Jan. 1845
25 RB an EB, 13. Jan. 1845
26 RB an EBB, 26. Feb. 1845
27 EBB an RB, 27. Feb. 1845
28 RB an EBB, 12. März 1845
29 EBB an RB, 30. März 1845
30 EBB an RB, 16. Mai 1845
31 Virginia Woolf, *Flush*, S. 17
32 RB an EBB, 8. August 1845
33 EBB an RB, 16. Sept. 1845
34 RB an EBB, 13. Sept. 1845
35 EBB an RB, 13. Okt. 1845
36 EBB an RB, 26. Sept. 1845
37 RB an EBB, 27. Sept. 1845
38 EBB, *Liebesgedichte I*
39 EBB, *Liebesgedichte XXXIII*
40 EBB an RB, 18. Dez. 1845
41 Im Internet kursiert ein Sketch mit Stephen Fry und Emma Thompson als Robert und Elizabeth, in dem seine Nöte über ihre Ausweichmanöver auf eine komische Spitze getrieben werden. Er sitzt an ihrem Sofa und redet ihr zu, stark zu sein, seine Hand zu nehmen und mit ihm ans Fenster zu treten. Sie lehnt ab, bis ihm der Kragen platzt: »Ich schwöre, ich hau dich windelweich!«, worauf sie wie gestochen vom Sofa springt und mit ihm ans Fenster eilt. (⟨www.youtube.com⟩ Later that same Wednesday)
42 EBB an RB, 3. August 1846
43 EBB an RB, 12. Dez. 1845
44 *flitz, meine süße Seele!*
45 EBB an RB, 12. Juni 1846
46 EBB an RB, 15. Mai 1846

47 EBB an RB, 17. Juni 1846
48 EBB an RB, 6. August 1846
49 EBB an RB, 3. Juli 1846
50 RB an EBB, 22. Juli 1846
51 Virginia Woolf, *Flush*, S. 57
52 RB an EBB, 3. Sept. 1846
53 EBB an RB, 4. Sept. 1846
54 Virginia Woolf, *Flush*, S. 66
55 EBB, *Liebesgedichte XXVII*
56 EBB an RB, 12. Sept. 1846
57 EBB an RB, 15. Sept. 1846
58 EBB an Henrietta und Arabel
59 Anna Jameson an Lady Byron, Pierpont Morgan Library, in Markus, S. 82
60 Irvine, S. 221
61 EBB, *Liebesgedichte XXI*
62 *So weit der Himmel reicht*
63 RB an George Barrett
64 EBB an Mary Mitford, Feb. 1845
65 T. A. Trollope, *What I remember*, London 1887, in Irvine S. 236
66 EBB, *Casa Guidi Windows*
67 EBB an Arabel
68 EBB an Mary Mitford
69 EBB an Mary Mitford, 30. April 1849
70 Ich sah den Mann umgeben von seinen kleinen Söhnen / Seine Lippen waren warm von Küssen als er schwur / Und ich, weil ich eine Frau bin, ich / die ich das künftige Leben meines Kindes / in meiner ahnenden Seele fühlte und Vertrauen hoch schätzte / ich konnte den Gedanken nicht ertragen, wie könnte ich / daß diese warmen Lippen eine so kalte Lüge aussprechen würden. *Casa Guidi Windows*, Part II
71 EBB, Letters to Mrs. Ogilvy, S. XXVI
72 EBB an Mary Mitford, 10. Okt. 1848
73 EBB an Henrietta, 19. Nov. 1848
74 »Die Schönheit des Apennin gebar Wörter in solcher Zahl, daß sie einander nur das Lebenslicht ausblasen konnten.« Virginia Woolf in *Flush*, S. 88

75 a. a. O.
76 EBB an Mary Mitford, 18. Juli 1849
77 EBB, *Casa Guidi Windows*
78 EBB, *Casa Guidi Windows*
79 EBB an Mary Mitford, August 1850
80 Brownings Gedicht *Home Thoughts from Abroad* wird im Original und in ganzer Länge von dem Schauspieler John Hurt rezitiert, der in einer kleinen Szene einen Englischlehrer in Italien spielt. ⟨www.bbc.co.uk/poetryseason⟩
81 EBB an Mary Mitford, 13. Nov. 1850
82 EBB an John Kenyon
83 EBB an Arabel, 5. Juni 1851
84 Zerlumpte Kind mit hungrigen Augen / die sich in der Kälte / Seite an Seite auf euren Türschwellen zusammendrücken / Bis euer Diener ihre Unverschämtheit verflucht.
Schlimme Kinder mit spitzem Kinn / und alten Stirnen – es gibt so viele / die keine Freude kennen außer der Sünde / und mit gestohlenen Pennys zu wetten.
85 Irvine, S. 306
86 Henrietta Corkran, *Celebrities and I*, in Irvine, S. 307
87 EBB an George Barrett, 16. Juli 1853
88 EBB an Isa Blagden, März 1853
89 EBB, Letters to Mrs. David Ogilvy, S. XXXV
90 George Sand, *Histoire de ma vie*
91 EBB an Mary Mitford, 28. Sept. 1844
92 EBB an John Kenyon
93 EBB an Arabel, 23. März 1851
94 EBB an George Barrett, 4./5. Dez. 1851
95 George Sand, *Journal de novembre-décembre 1851*
96 a. a. O.
97 EBB an Henrietta, 13./14. Dez. 1851
98 EBB an George, 10. Januar 1854
99 EBB an Arabel, 10./11. Jan. 1855, Berg Collection
100 EBB an Arabel
101 Irvine, S. 331
102 Die Stimme des alten Tennyson, der *The Charge of the Light Brigade* liest, wurde 1890 auf eine Edison'sche Wachswalze gebannt

und kann unter www.youtube.com aufgerufen werden. Robert Brownings Stimme ist unter www.poetryarchive.org zu hören. Mit 77 rezitiert er sein mitreißendes Galoppgedicht *How they brought the good news from Ghent to Aix*, bricht aber nach wenigen Zeilen ab, versucht es noch einmal – »I forget it ... I'm most terribly sorry that I can't remember my own verses« und lobt die wundervolle neue Maschine, den Phonographen. Die Gesellschaft bringt darauf ein Hip Hip Hurray auf Robert Browning aus.

103 EBB an RB, 27. Feb. 1845

104 Ich zog die Brauen zusammen / Meine blauen Augen weiteten sich im Spiegel / Und ich sagte: ›Wir werden leben, Aurora, wir werden stark sein. / Die Hunde sind hinter uns her – aber wir werden nicht sterben.

105 EBB an Anna Jameson, 1855

106 Der ernste redliche Mann muß bereit sein zu arbeiten / So auch die Frau – sonst verliert sie / sogleich ihre Würde als Mensch / und nimmt die Knechtschaft an – freie Menschen arbeiten frei.

107 Nathaniel Hawthorne, *Passages from the French and Italien Notebooks*, Boston 1899, in Irvine, S. 357

108 Irvine, S. 353

109 Markus, S. 303

110 EBB an Isa Blagden, 27. Mai 1859

111 Nie wieder Jude oder Grieche – höhnend / oder verhöhnt – nie wieder England oder Frankreich / sondern eine vereinte Bruderschaft / die nur eine Flagge aufsteckt / die für den Vormarsch der aufwärts und vorwärts strebenden Menschheit weht.

112 RB an Isa Blagden, 27. Dez. 1860

113 EBB, *Liebesgedichte XLIII*

114 Story to C. E. Norton, 15. August 1861, in Irvine, S. 382

115 Die Casa Guidi ist heute ein Museum, montags, mittwochs und freitags von 15-18 Uhr geöffnet.

Bibliographie

Barrett Browning, Elizabeth: *The Letters*, edited with biographical additions by Frederic G. Kenyon. Smith, Elder & Co, London 1897

Barrett Browning, Elizabeth: *Letters to her sisters 1846-1859*, edited by Leonard Huxley. John Murray, London 1929

Barrett Browning, Elizabeth: *Letters to her sisters*, Berg Collection, N. Y.

Barrett Browning, Elizabeth: *Letters to Mary Russell Mitford*, edited by Betty Miller. John Murray, London 1954

Barrett Browning, Elizabeth: *Letters to Mrs. David Ogilvy*, edited by Peter N. Heydon & Philip Kelley 1849-1861. Quadrangle/The New York Times Book Company and the Browning Institute 1973

Barrett-Browning, Elizabeth: *Liebesgedichte*, übertragen von Rainer Maria Rilke. Insel Verlag Frankfurt am Main und Leipzig 2006

Barrett Browning, Elizabeth: *The Works of Elizabeth Barrett Browning*. Wordsworth Editions, Ware 1994

Besier, Rudolf: *The Barretts of Wimpole Street*. Boston 1931

Braun, Felix (Hrsg.): *Die Lyra des Orpheus*, darin: Browning, Robert: *Oh, daß ich im April in England wär*. Zsolnay Verlag, Wien / Hamburg 1952. Übertragung von Alexander von Bernus.

Browning, Robert and Barrett Browning, Elizabeth: *New Poems*, edited by Sir Frederic G. Kenyon. Smith & Elder Pub, London 1914

Browning Robert and Barrett Barrett, Elizabeth: *The Letters of Robert Browning and Elizabeth Barrett Barrett 1845-1846*. New York and London, Harper & Brothers 1899

Browning, Robert und Barrett Barrett, Elizabeth: *Briefe von Robert Browning und Elizabeth Barrett-Barrett*. Übertragung von Felix Paul Greve. S. Fischer Verlag, Berlin 1920

Browning, Robert und Barrett, Elizabeth: *22 unpublished letters of Elizabeth Barrett Browning and Robert Browning adressed to*

Henrietta and Arabel Moulton Barrett. United Feature Syndicat, New York 1935

Geraths, Armin und Herget, Kurt (Hrsg.): Viktorianische Lyrik. Philip Reclam jun., Stuttgart 1995

Hewlett, Dorothy: *Elizabeth Barrett Browning.* Cassell & Co, London 1953

Irvine, William and Honan, Park: *The Book, the Ring and the Poet, A Biography of Robert Browning.* The Bodley Head, London Sydney Toronto, o. J.

Kaplan, Cora: *Wicked fathers: a family romance*, in: *Fathers, Reflections by Daughters*, ed. by Ursula Owen. Virago Press, London 1983

Karlin, Daniel: *The Courtship of Robert Browning and Elizabeth Barrett.* Oxford University Press, Oxford 1985

Kessel, Elisabeth: *Elizabeth Barrett-Browning.* Verlag der Deutschen Buchvertriebs- und Verlags-Gesellschaft, Berlin o. J.

Lane, Maggie: *Literary Daughters.* Robert Hale Ltd, London 1989

Rosenkranz, Jutta: *Deiner Seele Schritt war leise neben mir.* Radiofeature, SWR 9. Oktober 2005

Schlientz, Gisela: *George Sand. Leben und Werk in Texten und Bildern.* Insel Verlag Frankfurt am Mai 1987

Taplin, Gardner B.: *The Life of Elizabeth Barrett Browning.* Yale University Press, New Haven 1957

Ward, Maisie: *Robert Browning and His World the Private Face 1812-1861* © Biblio Life, LLC

Winwar, Frances: *The Immortal Lovers – Elizabeth Barrett und Robert Browning.* Harper & Brothers, New York 1950

Woolf, Virginia: *Aurora Leigh*, in: *Der gewöhnliche Leser 2*, Deutsch von Helmut Viebrock. S. Fischer Verlag, Frankfurt am Main 1990

Woolf, Virginia: *Flush, Eine Biographie*, Deutsch von Karin Kersten. S. Fischer Verlag, Frankfurt am Main 1993

Chronologie

1806	6. März: Elizabeth Barrett geboren
1807	Verbot des Sklavenhandels in England
1812	7. Mai: Robert Browning geboren
1821	EB Reitunfall, lange Krankheit
1827	Oktober: Tod von Mrs. Barrett
1832	August: Wegzug aus Hope End. Sidmouth
1835	Umzug nach London
1838	EB: *Poems*
1840	11. Juli: Elizabeths Bruder Edward (Bro) ertrinkt
1841	September: EB in Wimpole Street
1845	10. Januar: RB schreibt an EB
	20. Mai: erster Besuch von RB bei EB
1846	September: Flush wird entführt
	12. September: Heirat RB und EBB
1847	März: Pisa: EBB erleidet die erste von vier Fehlgeburten
	April: Umsiedlung nach Florenz
1849	9. März: Geburt von Robert Wiedemann /Penini
	März: Tod von RBs Mutter
1850	Henrietta Barrett heiratet Surtees Cook
	Alfred Tennyson Poet Laureate
1851	EBB: *Casa Guidi Windows*
	2. Dezember, Paris: Staatsstreich von Louis Napoleon
1852	Februar, Paris: Treffen mit George Sand
	EBB: *Sonnets from the Portuguese*
1854	Florenz: Flush stirbt
1855	RB: *Men and Women*
	10. Juli, Paris: Lily Wilson heiratet Ferdinando Romagnoli
	Juli, London: Seance mit D. D. Hume
1856	Oktober: EBB: *Aurora Leigh*
	3. Dezember: John Kenyon stirbt
1857	17. April: Edward Moulton Barrett stirbt
1860	EBB: *Poems before Congress*
	23. November: Henrietta stirbt

1861	März: Viktor Emanuel II. wird König von Italien
	29. Juni: EBB stirbt
1889	12. Dezember: RB stirbt
1902	Lily Romagnoli stirbt
1912	Pen Browning stirbt

Liebesgedichte im insel taschenbuch

Die schönsten Liebesgedichte. Ausgewählt von Günter Berg. it 2827. 118 Seiten

Die schönsten Liebesgedichte der Antike. Ausgewählt von Michael Schroeder. it 3163. 114 Seiten

Anna Achmatowa. Liebesgedichte. Aus dem Russischen von Alexander Nitzberg. Ausgewählt von Olaf Irlenkäuser. it 2946. 113 Seiten

Elizabeth Barrett-Browning. Liebesgedichte. Englisch und deutsch. Übertragen von Rainer Maria Rilke. Mit einem Nachwort von Felicitas von Lovenberg. it 3187. 112 Seiten

Bertolt Brecht. Liebesgedichte. Ausgewählt von Werner Hecht. it 2824. 118 Seiten

Paul Celan. Liebesgedichte. Ausgewählt von Joachim Seng. it 2945. 104 Seiten

Annette von Droste-Hülshoff. Liebesgedichte. Ausgewählt von Werner Fritsch. it 2876. 126 Seiten

Joseph von Eichendorff. Liebesgedichte. Ausgewählt von Wilfrid Lutz. it 2821. 114 Seiten

Johann Wolfgang Goethe. Liebesgedichte. Ausgewählt von Karl Eibl. it 2825. 109 Seiten

Heinrich Heine. Liebesgedichte. Ausgewählt von Thomas Brasch. it 2822. 96 Seiten

NF 704/1/10.06

Hermann Hesse. Liebesgedichte. Ausgewählt von Volker Michels. it 2826. 116 Seiten

Indische Liebesgedichte. Aus dem Indischen von Friedrich Rückert. Mit einer Einleitung von Martin Kämpchen. it 3173. 143 Seiten

Else Lasker-Schüler. Liebesgedichte. Ausgewählt und mit einem Nachwort von Eva Demski. it 3083. 137 Seiten

Marie Luise Kaschnitz. Liebesgedichte. Ausgewählt von Elisabeth Borchers. it 3123. 123 Seiten

Friederike Mayröcker. Liebesgedichte. Ausgewählt und mit einem Nachwort von Ulla Berkéwicz. it 3214. 141 Seiten

Michelangelo. Liebesgedichte. Übersetzt von Michael Engelhard. it 3244. 120 Seiten

Eduard Mörike. Liebesgedichte. Ausgewählt von Wilfrid Lutz. it 3040. 149 Seiten

Novalis. Liebesgedichte. Ausgewählt von Gerhard Schulz. it 2874. 103 Seiten

Francesco Petrarca. Liebesgedichte an Laura. Achtzig Gedichte aus dem »Canzoniere«. Aus dem Italienischen, erläutert und mit einem Nachwort versehen von Jürgen von Stackelberg. it 3022. 118 Seiten

Alexander Puschkin. Liebesgedichte. Aus dem Russischen von Michael Engelhard. Ausgewählt von Rolf-Dietrich Keil. it 2968. 126 Seiten

NF 704/2/10.06

Rainer Maria Rilke. Liebesgedichte. Ausgewählt von Vera Hauschild. Mit einem Nachwort von Siegfried Unseld. it 2823. 100 Seiten

Joachim Ringelnatz. Liebesgedichte. Ausgewählt von Günter Stolzenberger. it 3082. 132 Seiten

William Shakespeare. Liebesgedichte. Liebesszenen und Liebeslieder. Auswahl und Nachwort von Jutta Kaußen. it 2987. 119 Seiten

Wisława Szymborska. Liebesgedichte. Aus dem Polnischen und ausgewählt von Karl Dedecius. it 3111. 138 Seiten

Rabindranath Tagore. Liebesgedichte. Ausgewählt und aus dem Bengalischen von Martin Kämpchen. it 2988. 106 Seiten

NF 704/3/10.06

Literarische Reisebegleiter im insel taschenbuch

Italien

Dietmar Grieser. Große historische Straßen. Von der Via Appia bis zur Avus. Eine kunsthistorische Spurensuche. Mit Fotografien. it 1974. 130 Seiten

Wilhelm Heinse. Tagebuch einer Reise nach Italien. Mit einem biographischen Essay von Almut Hüfler. Herausgegeben von Christoph Schwandt. Mit zahlreichen Abbildungen. it 2869. 260 Seiten

Mit Hermann Hesse durch Italien. Ein Reisebegleiter durch Oberitalien. Herausgegeben von Volker Michels. it 1120. 215 Seiten

Mit Marie Luise Kaschnitz durch Rom. Herausgegeben von Iris Schnebel-Kaschnitz und Michael Marschall von Bieberstein. Mit Fotografien von Mario Clementi. it 2607. 196 Seiten

Harald Keller. Die Kunstlandschaften Italiens. Mit Abbildungen. it 1576. 1110 Seiten

Literarischer Führer durch Italien. Ein Insel-Reise-Lexikon. Von Doris und Arnold E. Maurer. Mit Abbildungen, Karten und Registern. it 1071. 551 Seiten

Thomas Mann in Venedig. Eine Spurensuche. Von Reinhard Pabst. Mit zahlreichen Abbildungen. it 3097. 250 Seiten

Oberitalienische Seen. Ein literarischer Reisebegleiter. Von Rainer W. Kuhnke. it 2608. 287 Seiten

NF 31/1/3.05

Pompeji und Herculaneum. Ein Reisebegleiter. Herausgegeben von Dieter Richter. it 3099. 200 Seiten

Rom. Ein literarisches Porträt. Herausgegeben von Michael Worbs. Mit farbigen Fotografien. it 2298. 320 Seiten

Alberto Savinio. Capri. Eine Reiseerzählung. Übersetzt und mit einem Nachwort versehen von Martina Kempter. it 2732. 112 Seiten

Johann Gottfried Seume. Spaziergang nach Syrakus im Jahre 1802. Herausgegeben von Jörg Drews. it 2780. 455 Seiten

Sizilien. Literarisches Landschaftsbild. Herausgegeben von Ralf Nestmeyer. Mit Fotografien. it 2637. 220 Seiten

Südtirol. Ein literarisches Landschaftsbild. Herausgegeben von Dominik Jost. Mit Abbildungen. it 1317. 358 Seiten

Im Rosengarten. Eine literarische Spurensuche in Südtirol. Von Dietmar Grieser. Mit Abbildungen. it 2509. 245 Seiten

Toskana. Ein literarisches Landschaftsbild. Herausgegeben von Andreas Beyer. Mit Fotografien von Loretto Buti. it 926. 265 Seiten

Venedig. Ein Reisebegleiter. Herausgegeben von Doris und Arnold E. Maurer. Mit zahlreichen Fotografien. it 3110. 190 Seiten

Edith Wharton. Italien. Reisebilder. Mit einem Nachwort von Hanns-Josef Ortheil. Mit farbigen Abbildungen. it 2731. 224 Seiten

NF 31/2/3.05

Englische und amerikanische Literatur im insel taschenbuch Eine Auswahl

Elizabeth von Arnim

- Alle meine Hunde. Roman. Übersetzt von Karin von Schab. it 1502. 177 Seiten
- April, May und June. Übersetzt von Angelika Beck. it 1722. 88 Seiten
- Ein Chalet in den Bergen. Roman. Übersetzt von Angelika Beck. it 2114. 260 Seiten
- Christine. Roman. Übersetzt von Angelika Beck. it 2211. 223 Seiten
- Elizabeth und ihr Garten. Roman. Übersetzt von Adelheid Dormagen. it 1293. 131 Seiten
- Der Garten der Kindheit. Übersetzt von Leonore Schwartz. it 3258. 67 Seiten
- In ein fernes Land. Roman. Übersetzt von Angelika Beck. it 1927. 518 Seiten
- Jasminhof. Roman. Übersetzt von Helga Herborth. it 2292. 402 Seiten
- Die Reisegesellschaft. Roman. Übersetzt von Angelika Beck. it 3259. 371 Seiten
- Sallys Glück. Roman. Übersetzt von Schamma Schahadat. it 1764. 352 Seiten
- Tage des Glücks. Ausgewählt von Adelheid Dormagen. it 3260. 153 Seiten
- Vera. Roman. Übersetzt von Angelika Beck. it 1808. 335 Seiten
- Verzauberter April. Roman. Übersetzt von Adelheid Dormagen. it 3257. 273 Seiten

NF 23/1/5.07

Jane Austen

- Die Abtei von Northanger. Übersetzt von Margarete Rauchenberger. Mit Illustrationen von Hugh Thomson. it 931. 254 Seiten
- Anne Elliot. Übersetzt von Margarete Rauchenberger. Illustrationen von Hugh Thomson. it 1062. 279 Seiten
- Die drei Schwestern. Jugendwerke. Herausgegeben und übersetzt von Melanie Walz. it 2698. 320 Seiten
- Emma. Übersetzt von Angelika Beck. it 511. 549 Seiten. it 3501. 628 Seiten.
- Lady Susan. Ein Roman in Briefen. Übersetzt von Angelika Beck. it 1192. 253 Seiten
- Mansfield Park. Übersetzt von Angelika Beck. Mit Illustrationen von Hugh Thomson. it 1503. 579 Seiten
- Stolz und Vorurteil. Übersetzt von Margarete Rauchenberger. Mit Illustrationen von Hugh Thomson und mit einem Essay von Norbert Kohl. it 787. 439 Seiten. it 3514. 443 Seiten. it 1952. 441 Seiten
- Über die Liebe. Ausgewählt von Felicitias von Lovenberg. it 32 61. 133 Seiten
- Verstand und Gefühl. Übersetzt von Angelika Beck. Mit Illustrationen von Hugh Thomson. it 1615. 449 Seiten. Großdruck. it 2365. 615 Seiten

Elizabeth Barrett-Browning.

- Liebesgedichte. Ausgewählt und mit einem Nachwort von Felicitas von Lovenberg. it 3187. 112 Seiten

Ambrose Bierce

- Aus dem Wörterbuch des Teufels. it 440. 139 Seiten
- Das Spukhaus. Übersetzt von Karl Bruno Leder.

it 3104. 214 Seiten

NF 23/2/5.07

Anne Brontë

- Agnes Grey. Übersetzt von Elisabeth Arx. it 1093. 276 Seiten
- Die Herrin von Wildfell Hall. Roman. Übersetzt von Angelika Beck. it 1547. 654 Seiten

Charlotte Brontë

- Jane Eyre. Eine Autobiographie. Übersetzt von Helmut Kossodo. Mit einem Essay und einer Bibliographie herausgegeben von Norbert Kohl. it 813 und it 3008. 645 Seiten
- Der Professor. Übersetzt von Gottfried Röckelein. it 1354. 373 Seiten
- Shirley. Übersetzt von Johannes Reiher und Horst Wolf. it 1145 Seiten. 715 Seiten
- Über die Liebe. Herausgegeben von Elsemarie Maletzke. Übertragen von Eva Groepler und Hans J. Schütz. it 1249. 80 Seiten
- Villette. Übersetzt von Christiane Agricola. it 1447. 777 Seiten

Emily Brontë

- Die Sturmhöhe. Übersetzt von Grete Rambach. it 141. 363 Seiten. it 3502. 464 Seiten. it 3139. 454 Seiten

Lewis Carroll

- Alice hinter den Spiegeln. Übersetzt von Christian Enzensberger. Mit Illustrationen von John Tenniel. it 97. 145 Seiten
- Alice im Wunderland. Übersetzt von Christian Enzensberger. Mit Illustrationen von John Tenniel. it 42. 138 Seiten
- Briefe an kleine Mädchen. Herausgegeben und übersetzt von Klaus Reichert. Mit zahlreichen Fotografien des Autors. it 1554. 208 Seiten
- Tagebuch einer Reise nach Rußland im Jahr 1867. Übersetzt von Eleonore Frey. Herausgegeben von Felix Philipp Ingold. it 2589. 132 Seiten

NF 23/3/5.07

Geoffrey Chaucer
- Die Canterbury-Erzählungen. Übersetzt und herausgegeben von Martin Lehnert. it 1006. 786 Seiten
- Troilus und Criseyde. Übersetzt von Wolfgang Obst und Florian Schleburg. it 2648. 304 Seiten

Daniel Defoe
- Glück und Unglück der berühmten Moll Flanders. Übersetzt von Martha Erler. Mit Illustrationen von William Hogarth und einem Essay von Norbert Kohl. it 707. 440 Seiten
- Robinson Crusoe. Übersetzt von Hannelore Novak. Mit Illustrationen von Ludwig Richter. it 41. 404 Seiten

Charles Dickens
- Bleak House. Übersetzt von Richard Zoozmann. Mit Illustrationen von Phiz. it 1110. 1031 Seiten
- David Copperfield. Mit Illustrationen von Phiz. it 468. 1245 Seiten
- Eine Geschichte aus zwei Städten. Mit Illustrationen von Phiz. it 1033. 506 Seiten
- Harte Zeiten. Für diese Zeiten. Übersetzt von Paul Heilchen. it 955. 434 Seiten
- Nikolaus Nickleby. Mit Illustrationen von Phiz. it 1304. 1022 Seiten
- Oliver Twist. Übersetzt von Reinhard Kilbel. Mit einem Nachwort von Rudolf Marx und Illustrationen von George Cruikshank. it 242. 607 Seiten.
- Oliver Twist. Übersetzt von Gustav Meyrink. it 3157. 463 Seiten

Henry Fielding
- Tom Jones. Übersetzt von Horst Häckdorf. it 3239. 1228 Seiten

NF 23/4/5.07

Penelope Fitzgerald
- Die blaue Blume. Roman. Übersetzt von Christa Krüger. it 2707. 239 Seiten
- Die Buchhandlung. Roman. Übersetzt von Christa Krüger. it 2749. 160 Seiten
- Das Engelstor. Roman. Übersetzt von Christa Krüger. it 2247. 192 Seiten
- Frühlingsanfang. Roman. Übersetzt von Christa Krüger. it 1693. 224 Seiten

Thomas Hardy
- Der angekündigte Gast. Großdruck. it 2402. 128 Seiten
- Der Bürgermeister von Casterbridge. Roman. Übersetzt und mit einem Nachwort von Eva-Maria König. it 2742. 430 Seiten

Nathaniel Hawthorne
- Der scharlachrote Buchstabe. Roman. Übersetzt von Barbara Cramer-Neuhaus. it 2993. 320 Seiten

Henry James
- Bildnis einer Dame. Roman. Übersetzt von Hildegard Blomeyer. Mit einem Nachwort von Henry James, übersetzt von Helmut M. Braem. it 2974. 800 Seiten
- Daisy Miller. Eine Erzählung. Übersetzt von Gottfried Röckelein. it 2714. 120 Seiten
- Das Geheimnis von Bly. Roman. Übersetzt von Ingrid Rein. it 2847. 174 Seiten

Rudyard Kipling
- Das Dschungelbuch. Übersetzt von Erika Engelmann. it 3169. 232 Seiten
- Die Gespenster-Rikscha. Übersetzt von Friedrich Polakovics. it 3105. 304 Seiten

NF 23/5/5.07

D. H. Lawrence
- Der Mann, der Inseln liebte. Übersetzt von Martin Beheim-Schwarzbach. it 3059. 87 Seiten
- Liebesgeschichten. Übersetzt von Heide Steiner. it 1678. 308 Seiten

Herman Melville
- Bartleby, der Schreiber. Eine Geschichte aus der Wall Street. Übersetzt und mit Erläuterungen versehen von Jürgen Krug. it 3034. 112 Seiten
- Israel Potter. Seine fünfzig Jahre im Exil. Roman. Übersetzt von Uwe Johnson. it 2836. 256 Seiten
- Moby Dick. Übersetzt von Alice und Hans Seiffert. Mit einem Nachwort von Rudolf Sühnel. it 233. 781 Seiten. it 2934. 760 Seiten

Edgar Allan Poe
- Sämtliche Erzählungen. Herausgegeben von Günter Gentsch. Vier Bände in Kassette. it 1528-1531. 1568 Seiten
- Der Bericht des Arthur Gordon Pym. Übersetzt von Ruprecht Willnow. it 1449. 270 Seiten
- Grube und Pendel. Schaurige Erzählungen. Übersetzt von Erika Gröger und Heide Steiner. Großdruck. it 2351. 188 Seiten. it 3107. 128 Seiten
- Schatten / Shadows. Übersetzt von Arno Schmidt. it 3168. 337 Seiten
- Der Untergang des Hauses Usher. Meistererzählungen. Übersetzt von Barbara Cramer-Nauhaus, Erika Gröger und Heide Steiner. it 1373. 182 Seiten

William Shakespeare
- Hamlet. Prinz von Dänemark. Übersetzt von August Wilhelm von Schlegel. Mit Illustrationen von Eugène Delacroix. Herausgegeben und mit einem Essay versehen von Norbert Kohl. it 364. 270 Seiten

NF 23/6/5.07